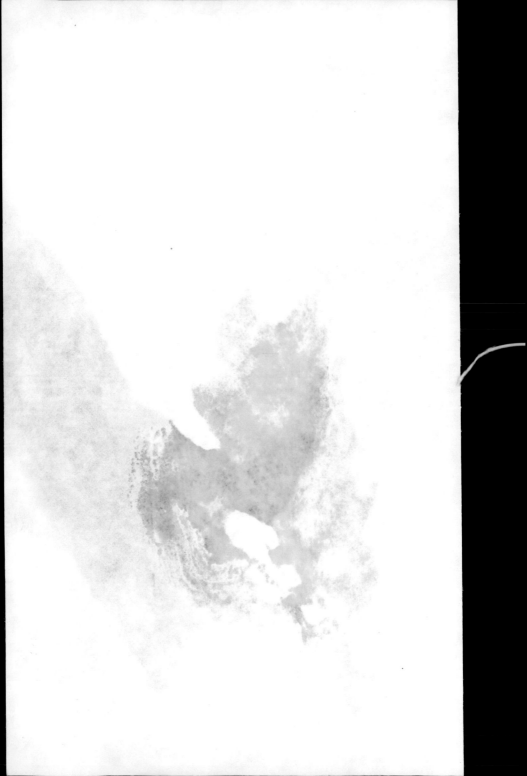

EL LIBRO DE
LOS AMORES RIDICULOS

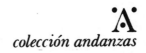

colección andanzas

MILAN KUNDERA
EL LIBRO DE LOS AMORES RIDICULOS

Traducción del checo de
Fernando de Valenzuela

TUSQUETS
EDITORES

Título original: *Smĕšné Lásky*

1.ª edición: febrero 1987
2.ª edición: marzo 1987
3.ª edición: mayo 1987
4.ª edición: septiembre 1987
5.ª edición: noviembre 1987

R0066010924 ✓

Traducción del checo de Fernando de Valenzuela
Diseño de la colección: Guillemot-Navares
Reservados todos los derechos de esta edición para
Tusquets Editores, S.A. - Iradier, 24 - 08017 Barcelona
ISBN: 84-7223-244-1
Depósito legal: B. 41.750-1987
Fotocomposición: ApG - Entenza, 218-221 - 08029 Barcelona
Diagràfic, S.A. - Constitución, 19 - 08014 Barcelona
Impreso en España

Indice

Primera parte
Nadie se va a reír

1

«Sírveme un poco más de slivovice», me dijo Klara y yo no puse objeciones.

El pretexto esgrimido para abrir la botella no había sido nada fuera de lo corriente, pero bastaba: ese día yo había recibido una gratificación relativamente importante por la última parte de un estudio mío que se había publicado por entregas en una revista especializada en crítica de arte.

La propia publicación del estudio había tenido sus más y sus menos. El texto era pura agresividad y pura polémica. Por eso primero me lo rechazaron en la revista «Pensamiento Artístico», cuya redacción es más formal y precavida, y por fin lo publicaron en la revista de la competencia, de menor tirada, cuyos redactores son más jóvenes e imprudentes.

El dinero me lo trajo el cartero a la Facultad, junto con una carta; una carta sin importancia; acababa de adquirir la sensación de estar muy por encima del resto de los mortales y por la mañana apenas la leí. Pero ahora, en casa, cuando el reloj se acercaba a la medianoche y el nivel del líquido en la botella se aproximaba al fondo, la cogí de la mesa para que nos sirviera de diversión.

«Estimado camarada y, si me permite ese tratamiento, colega», empecé a leérsela a Klara. «Disculpe, por favor, que una persona como yo, con la que Ud.

no ha hablado en la vida, le escriba esta carta. Me dirijo a Ud. para rogarle que tenga la amabilidad de leer el artículo adjunto. No le conozco a Ud. personalmente, pero le aprecio como persona cuyos juicios, reflexiones y conclusiones me han llenado de asombro, porque su coincidencia con los resultados de mis propias investigaciones es tal que me he quedado completamente consternado...» y seguían una serie de elogios a las excelencias de mi obra y una petición: Si tendría la amabilidad de escribir un informe sobre su artículo, un juicio crítico para la revista «Pensamiento Artístico», en la que desde hace ya más de medio año se lo rechazan y se niegan a prestarle atención. Le dijeron que mi valoración sería decisiva, de modo que ahora me he convertido en su única esperanza como escritor, en la única lucecilla que le alumbra en la terrible oscuridad.

Nos reímos del señor Zaturecky, cuyo rimbombante apellido nos fascinaba; pero nos reímos de él sin ensañarnos, porque los elogios que me dirigía, especialmente en combinación con la excelente botella de slivovice, me habían ablandado. Me habían ablandado de tal modo que en aquellos instantes inolvidables amaba a todo el mundo. Naturalmente, de todo el mundo a quien más amaba era a Klara, aunque sólo fuese porque estaba sentada frente a mí, mientras que el resto del mundo estaba oculto tras las paredes de mi buhardilla del barrio de Vrsovice. Y como en aquel momento no tenía nada con qué obsequiar al mundo, obsequiaba a Klara. Al menos con promesas.

Klara era una chica de veinte años y de buena familia. ¡Qué digo de buena, de excelente familia! Su padre había sido director de un banco y, como representante de la alta burguesía, en el año cincuenta había sido obligado a trasladarse al pueblo de Celakovice, a buena distancia de Praga. Su hijita tenía malos antecedentes políticos y trabajaba de costurera en una gran fábrica de la empresa de confección de Praga. Yo estaba sentado frente a ella y procuraba aumentar sus simpatías por mí hablándole irreflexivamente de las ventajas del trabajo que había prometido conseguirle con la ayuda de mis amigos. Le dije que era imposible que una chica tan guapa desperdiciase su belleza junto a una máquina de coser y decidí que era necesario que se hiciera modelo.

Klara no tuvo nada que objetar y pasamos la noche en feliz coincidencia.

2

El hombre atraviesa el presente con los ojos vendados. Sólo puede intuir y adivinar lo que de verdad está viviendo. Y después, cuando le quitan la venda de los ojos, puede mirar al pasado y comprobar *qué* es lo que ha vivido y cuál era su sentido.

Aquella noche pensé que estaba brindando por mis éxitos, sin tener la menor sospecha de que estaba celebrando la inauguración de mis fracasos.

Y como no tenía la menor sospecha, al día siguiente me desperté de buen humor y, mientras Klara seguía respirando feliz a mi lado, me puse a leer en la cama, con caprichosa indiferencia, el artículo que acompañaba a la carta.

Se titulaba «Mikolas Ales, el maestro del dibujo checo» y en verdad no valía la pena ni siquiera la media hora de lectura distraída que le dediqué. Era una colección de trivialidades amontonadas sin el menor sentido de la interrelación y sin la menor pretensión de añadirles alguna idea propia.

Estaba clarísimo que se trataba de una tontería. Por lo demás el doctor Kalousek, redactor de «Pensamiento Artístico» (un hombre excepcionalmente antipático), me lo confirmó ese mismo día por teléfono: «Oye, ¿te llegó el rollo de Zaturecky?... Deberías decírselo por escrito. Ya se lo rechazaron cinco redactores y sigue dando la lata; ahora se ha inventado que la única autoridad en el tema eres tú. Dile en dos líneas que es una idiotez, tú sabes hacerlo, las frases venenosas se te dan muy bien; y así nos quedaremos todos en paz».

Pero dentro de mí había algo que se rebelaba: ¿por qué tengo que ser precisamente *yo* el verdugo del señor Zaturecky? ¿Acaso me pagan a *mí* el sueldo de redactor por hacer ese trabajo? Además recordaba perfectamente que en «Pensamiento Artístico» habían rechazado mi estudio porque les dio miedo publicarlo; en cambio, el nombre del señor Zaturecky estaba firmemente unido en el recuerdo a Klara, la botella de slivovice y una hermosa noche. Y finalmente —no voy a negarlo, es humano— podría contar con un solo dedo a las personas que me consideran «la única autoridad en el tema»: ¿por qué iba a tener que perder a esa única persona?

Terminé la conversación con Kalousek con alguna graciosa vaguedad que él podía considerar como promesa, y yo como excusa, y colgué el teléfono, firmemente decidido a no escribir nunca el informe sobre el trabajo del señor Zaturecky.

En lugar de eso saqué del cajón el papel de carta y le escribí al señor Zaturecky, evitando pronunciar ningún juicio sobre su trabajo y poniendo como disculpa que mis opiniones sobre la pintura del siglo diecinueve eran consideradas por todo el mundo erróneas y extravagantes y que por eso una intercesión mía —en especial tratándose de la redacción de «Pensamiento Artístico»— podía más perjudicarle que favorecerle; al mismo tiempo, me dirigía al señor Zaturecky con una amistosa locuacidad de la que era imposible no deducir mis simpatías hacia él.

14

En cuanto eché la carta al correo, me olvidé del señor Zaturecky. Pero el señor Zaturecky no se olvidó de mí.

3

Un buen día, justo al terminar mi clase —doy clases de Historia de la Pintura en la Universidad— llamó a la puerta del aula nuestra secretaria, la señora Marie, una mujer amable de cierta edad que de vez en cuando me hace una taza de café y dice que no estoy cuando me llaman mujeres por teléfono y yo no quiero ponerme. Asomó la cabeza por la puerta del aula y me dijo que había un señor esperándome.

Los señores no me dan miedo, así que me despedí de los alumnos y salí al pasillo con buen ánimo. Allí me saludó con una inclinación de cabeza un hombrecillo pequeño que llevaba un traje negro bastante usado y una camisa blanca. Me comunicó muy respetuosamente que era Zaturecky.

Invité al visitante a pasar a una habitación que estaba libre, le indiqué que se sentase en un sillón y, en tono jovial, empecé a conversar con él de todo un poco, del mal tiempo que hacía aquel verano, de las exposiciones que había en Praga. El señor Zaturecky asentía amablemente a cualquier tontería que yo dijese, pero de inmediato trataba de relacionar cada uno de mis comentarios con su artículo sobre Mikolas Ales, y el artículo yacía de pronto entre nosotros, en su invisible sustancia, como un imán del que no era posible librarse.

—Nada me gustaría más que hacer un informe sobre su trabajo —dije por fin—, pero ya le he explicado en mi carta que no me consideran experto en el siglo diecinueve checo y que además estoy un poco enfrentado con la redacción de «Pensamiento Artístico» porque me tienen por un fanático modernista, de modo que una valoración positiva mía sólo podría perjudicarle.

—Oh, es usted demasiado modesto —dijo el señor Zaturecky—. ¡Un experto como usted! ¿Cómo puede valorar tan negativamente su posición? En la redacción me han dicho que todo dependerá exclusivamente de su valoración. Si usted se pone de parte de mi artículo, lo publicarán. Es usted mi única salvación. Se trata del producto de tres años de estudio y tres años de trabajo. Ahora todo está en sus manos.

¡Con qué ligereza y con qué defectuosos materiales edifica el hombre sus excusas! No sabía qué responderle al señor Zaturecky.

Eché una mirada a su cara y advertí que no sólo me miraban unas pequeñas e inocentes gafas anticuadas, sino también una poderosa y profunda arruga transversal en la frente. En aquel breve instante de clarividencia, un escalofrío me atravesó la espalda: esa arruga, reconcentrada y terca, no era sólo un indicio de los padecimientos del espíritu sufridos por su propietario ante los dibujos de Mikolas Ales, sino también el síntoma de una extraordinaria fuerza de voluntad. Perdí mi presencia de ánimo y no pude encontrar una excusa adecuada. Sabía que no iba a escribir aquel informe, pero también sabía que no tenía fuerzas para responder con un no, cara a cara, a los ruegos de aquel hombrecillo.

De modo que empecé a sonreír y a hacer promesas vagas. El señor Zaturecky me dio las gracias y dijo que pronto volvería a verme. Me despedí de él con muchas sonrisas.

Y, en efecto, al cabo de un par de días volvió. Lo esquivé astutamente, pero al día siguiente me dijeron que había estado otra vez preguntando por mí en la

16

Facultad. Comprendí que la situación era crítica. Fui rápidamente en busca de la señora Marie para tomar las medidas necesarias.

—Por favor, Marie, si volviese a preguntar por mí ese señor, dígale que estoy de viaje de estudios en Alemania y que tardaré un mes en regresar. Y para su información: ya sabe que tengo todas mis clases los martes y los miércoles. Voy a cambiarlas, en secreto, a los jueves y los viernes. Los únicos que lo sabrán serán los alumnos. No se lo diga a nadie y deje el horario de clases tal como está. Tengo que pasar a la clandestinidad.

4

En efecto, el señor Zaturecky pronto volvió a la Facultad a preguntar por mí y se quedó desolado cuando mi secretaria le comunicó que me había ido repentinamente a Alemania.

—¡Pero eso no es posible! ¡El señor profesor ayudante tenía que escribir un informe sobre mi trabajo! ¿Cómo ha podido marcharse de ese modo?

—No lo sé —dijo la señora Marie—, de todos modos dentro de un mes estará de regreso.

—Otro mes más... —se lamentó el señor Zaturecky—. ¿Y no sabe su dirección en Alemania?

—No la sé —dijo la señora Marie.

Así que tuve un mes de tranquilidad.

Pero el mes pasó más rápido de lo que yo había pensado y el señor Zaturecky ya estaba de nuevo en el despacho.

—No, aún no ha regresado —le dijo la señora Marie, y en cuanto me vio, un poco más tarde, me rogó:

—Ese hombrecillo suyo ha vuelto otra vez por

17

aquí, dígame usted, por Dios, qué tengo que decirle.

—Dígale, Marie, que me ha dado una hepatitis en Alemania y que estoy internado en el hospital de Iena.

—¡En el hospital! —exclamó el señor Zaturecky cuando Marie se lo comunicó algunos días más tarde—. ¡Eso no es posible! ¡El señor profesor ayudante tiene que escribir un informe sobre mi trabajo!

—Señor Zaturecky —le dijo la secretaria en tono de reproche—, el señor ayudante está gravemente enfermo en el extranjero y usted no piensa más que en su informe.

El señor Zaturecky se encogió de hombros y se marchó, pero al cabo de catorce días ya estaba de vuelta en el despacho:

—Le he enviado al señor profesor ayudante una carta certificada al hospital, ¡y me la han devuelto!

—Ese hombrecillo suyo me va a volver loca —me dijo al día siguiente la señora Marie—. No se enfade conmigo. ¿Qué podía decirle? Le dije que ya había regresado. Tendrá que arreglárselas usted mismo.

No me enfadé con la señora Marie. Había hecho todo lo que podía. Y además yo no me sentía ni mucho menos derrotado. Sabía que nadie podría darme caza. Vivía totalmente en secreto. En secreto daba mis clases los jueves y los viernes y en secreto me agazapaba todos los martes y los miércoles en el portal de una casa que estaba enfrente de la Facultad y me divertía viendo al señor Zaturecky haciendo guardia delante de la Facultad y esperando a que yo saliese.

Tenía ganas de ponerme un sombrero hongo y una barba falsa. Me sentía como Sherlock Holmes, como Jack el enmascarado, como el Hombre Invisible que recorre la ciudad, me sentía como un niño.

Pero, un buen día, el señor Zaturecky se aburrió de hacer guardia y atacó frontalmente a la señora Marie.

—¿Cuándo da sus clases el camarada ayudante?

—Ahí tiene el horario —dijo la señora Marie señalando la pared en la que había un gran tablón de anuncios cuadriculado donde, con ejemplar prolijidad, estaban dibujadas las horas de clase de todos los profesores.

—Eso ya lo sé —respondió con decisión el señor Zaturecky—. El problema es que el camarada ayudante no da nunca clase ni el martes ni el miércoles. ¿Está dado de baja por enfermedad?

—No —respondió dubitativa la señora Marie.

Y entonces el hombrecillo se encaró con la señora Marie. Le reprochó el desorden que tenía en el horario de los profesores. Le preguntó irónicamente cómo era posible que no supiese dónde estaban en cada momento los profesores. Le comunicó que iba a presentar una queja contra ella. Le gritó. Afirmó que iba a presentar una queja contra el camarada ayudante por no dar las clases que tenía que dar. Le preguntó si el rector estaba presente.

El rector, por desgracia, estaba presente.

El señor Zaturecky llamó a su puerta y entró. Al cabo de unos diez minutos regresó al despacho de la señora Marie y le pidió sin más rodeos mis señas.

—Vive en la ciudad de Litomysl, calle Skalnikova número 20 —dijo la señora Marie.

—¿Cómo en Litomysl?

—El señor ayudante tiene en Praga su domicilio provisional y no desea que le comunique a nadie su dirección…

—Haga el favor de darme las señas del domicilio del camarada ayudante en Praga —gritó el hombrecillo con voz temblorosa.

La señora Marie perdió por completo la serenidad. Le dio la dirección de mi buhardilla, de mi pobre refugio, de la dulce cueva en la que debía ser cazado.

Sí, mi residencia permanente está en Litomysl; tengo allí a mamá, a mis amigos y los recuerdos de papá; cuando puedo me voy de Praga y estudio y escribo en casa, en el pequeño piso de mamá. Así fue como mantuve formalmente mi residencia permanente en casa de mamá, y en Praga no fui capaz de conseguir ni siquiera un apartamento adecuado, como Dios manda, y por eso vivía subalquilado en Vrsovice, en un altillo, en una buhardillita completamente independiente, cuya existencia procuraba en la medida de lo posible ocultar para que no se produjeran innecesarios encuentros de indeseados huéspedes con mis compañeras provisionales de piso o mis visitantes femeninas.

No puedo negar que éste era uno de los motivos por los cuales no gozaba en la casa del mejor renombre. Durante algunas de mis estancias en Litomysl les había prestado la habitación a amigos que la utilizaban para divertirse, y se divertían tanto que no permitían que nadie pegase ojo en el edificio durante toda la noche. Aquello indignaba a algunos de los habitantes del edificio, de modo que estaban empeñados en una guerra secreta contra mí, que se manifestaba de vez en cuando en los informes que emitía sobre mí el Comité de Vecinos y hasta en una queja presentada ante la Administración de viviendas.

En la época a la que me estoy refiriendo, a Klara le empezó a parecer complicado desplazarse desde Celakovice para ir al trabajo, de modo que comenzó a pasar la noche en mi casa. Al principio lo hacía con timidez y excepcionalmente, luego colgó un vestido en el armario, después varios vestidos y, al cabo de poco tiempo, mis dos trajes se apretujaban en un rincón y mi pequeña habitación se había convertido en un saloncito femenino.

Klara me gustaba; era hermosa; yo disfrutaba de que la gente nos mirase cuando íbamos juntos; tenía por lo menos trece años menos que yo, lo cual acrecentaba mi prestigio entre los alumnos; tenía, en una palabra, multitud de motivos para dedicarle todo tipo de atenciones. Pero no quería que se supiera que vivía conmigo. Tenía miedo de que se extendiesen por la casa las habladurías y los cotilleos; tenía miedo de que alguien empezara a meterse con mi viejo y amable casero, que era discreto y no se ocupaba de mí; tenía miedo de que, un buen día, a disgusto y contra su voluntad, viniera a pedirme que para mantener su buen nombre echase a la señorita.

Por eso Klara tenía instrucciones estrictas de no abrirle la puerta a nadie.

Aquel día estaba sola en casa. Era un día soleado y la temperatura en la buhardilla era casi sofocante. Por eso estaba tumbada en la cama, desnuda, ocupada en mirar al techo.

Y en ese momento oyó que golpeaban a la puerta.

No era nada inquietante. En mi buhardilla no había timbre y, cuando venía alguien, tenía que golpear. De modo que Klara no dejó que el ruido la interrumpiese y siguió mirando el techo, sin la menor intención de dejar de hacerlo. Pero los golpes no se detenían; por el contrario, continuaban con serena e incomprensible persistencia. Klara se puso nerviosa; empezó a imaginarse que ante la puerta había un hombre que lenta y significativamente daba vuelta a la solapa de su chaqueta, un hombre que al final le echaría violentamente en cara que no le hubiese abierto, un hombre que le preguntaría qué estaba ocultando, qué escondía y si tenía registrado allí su domicilio. La invadió el sentimiento de culpa; despegó los ojos del techo y se puso a buscar rápidamente el sitio donde había dejado la ropa. Pero los golpes eran tan insistentes que en medio de la confusión no encontró más que mi impermeable. Se lo puso y abrió la puerta.

Pero en lugar del rostro hosco del inspector se encontró sólo con un pequeño hombrecillo que hacía una reverencia:

—¿Está en casa el señor ayudante?

—No, no está en casa...

—Qué pena —dijo el hombrecillo y pidió amablemente disculpas por interrumpir—. Es que el señor ayudante debe escribir un informe sobre un trabajo mío. Me lo prometió y ya es muy urgente. Con su permiso, quisiera dejarle al menos un recado.

Klara le dio al hombrecillo papel y lápiz, y yo me enteré por la noche de que el destino del estudio sobre Mikolas Ales estaba únicamente en mis manos y de que el señor Zaturecky aguardaba respetuosamente mi informe y procuraría localizarme una vez más en la Facultad.

6

Al día siguiente la señora Marie me contó cómo le había amenazado el señor Zaturecky, cómo había gritado y cómo había ido a quejarse de ella; la voz le temblaba y estaba a punto de llorar; me dio rabia. Comprendí perfectamente que la secretaria, que hasta ahora se había reído de mi juego al escondite (aunque apostaría el cuello que lo hacía más por amabilidad hacia mí que porque se divirtiera sinceramente), se sentía ahora maltratada y veía naturalmente en mí al causante de sus problemas. Y si a esto le añadía la violación del secreto de mi buhardilla, los diez minutos de golpes a la puerta y el susto que había pasado Klara, la rabia se convirtió en un ataque de furia.

Y cuando estaba dando vueltas de un lado a otro por el despacho de la señora Marie, cuando me estaba mordiendo los labios, cuando estaba en plena ebullición y pensando en la venganza, se abrió la puerta y apareció el señor Zaturecky.

Al verme brilló en su cara un resplandor de felicidad. Hizo una reverencia y saludó.

Había llegado un poco antes de tiempo, un poco antes de que yo hubiera tenido oportunidad de meditar mi venganza.

Me preguntó si ayer había recibido su mensaje.

No le contesté.

Repitió la pregunta.

—Lo recibí —dije.

—¿Y hará el favor de escribirme ese informe?

Lo veía delante de mí, enfermizo, terco, lastimero; veía la arruga transversal que dibujaba en su frente la línea de su única pasión; observé aquella sencilla línea y comprendí que era una recta determinada por dos puntos: mi informe y su artículo; que al margen del vicio de esta recta maniática no había en su vida más que ascetismo. Y en ese momento se me ocurrió una maldad salvadora.

—Espero que comprenda que, después de lo ocurrido ayer, no tengo nada de que hablar con usted —dije.

—No le comprendo.

—No finja. Ella me lo dijo todo. Es inútil que lo niegue.

—No le comprendo —repitió, pero esta vez con más decisión, el pequeño hombrecillo.

Puse un tono de voz jovial, casi amistoso:

—Mire usted, señor Zaturecky, yo no se lo reprocho. A fin de cuentas yo también soy mujeriego y lo comprendo. Yo en su lugar también habría intentado ligar con una chica tan guapa, si hubiera estado a solas con ella en el piso y si llevara puesto un impermeable de hombre sin nada debajo.

—Esto es una ofensa —palideció el hombrecillo.

—No, señor Zaturecky, es la verdad.

—¿Se lo dijo esa dama?

—No tiene secretos para mí.

—¡Camarada ayudante, eso es una ofensa! Soy un hombre casado. ¡Tengo mujer! ¡Tengo hijos! —el hombrecillo dio un paso hacia delante, de modo que me vi obligado a retroceder.

—Peor aún, señor Zaturecky.

—¿Qué quiere decir con eso de peor aún?

—Me refiero a que para un mujeriego estar casado es un agravante.

—¡Eso tendrá que retirarlo! —dijo el señor Zaturecky amenazante.

—Como usted quiera —acepté—. Estar casado no siempre es una circunstancia agravante para un mujeriego. Pero eso no tiene importancia. Ya le he dicho que no me enfado con usted y que le comprendo. Lo único que no puedo entender es cómo puede pretender que una persona a la que le quiere quitar la mujer, le haga su informe.

—¡Camarada ayudante! ¡Quien le pide ese informe es el doctor Kalousek, redactor del «Pensamiento Artístico», una revista de la Academia de Ciencias! ¡Y usted tiene que escribir ese informe!

—El informe o la mujer. No puede pedir las dos cosas.

—¡Cómo puede comportarse de ese modo, camarada! —me gritó el señor Zaturecky, indignado y desesperado.

Qué curioso, de pronto tuve la sensación de que el señor Zaturecky había pretendido realmente seducir a Klara. Me indigné y le grité:

—Pero ¿cómo puede atreverse usted a llamarme

la atención? Usted, que debería pedirme humildemente disculpas aquí mismo, delante de la señora secretaria.

Me volví de espaldas al señor Zaturecky, y él, confuso, salió trastabillando de la habitación.

—Bueno —respiré como si acabara de ganar un duro combate y le dije a la señora Marie—: Espero que ahora ya no pretenderá que le escriba ese informe.

La señora Marie sonrió y al cabo de un momento me preguntó tímidamente:

—¿Y por qué no quiere hacerle ese informe?

—Porque lo que ha escrito es una terrible estupidez.

—¿Y entonces por qué no pone en el informe que es una estupidez?

—¿Por qué se lo iba a escribir? ¿Para qué tengo que enemistarme con nadie?

La señora Marie me miró con una sonrisa tolerante; y en ese momento se abrió la puerta y apareció el señor Zaturecky con el brazo extendido:

—¡No seré yo el que tenga que disculparse, será usted!

Lo dijo con voz temblorosa y volvió a desaparecer.

7

No lo recuerdo con exactitud, quizá fue ese mismo día, quizá unos días más tarde, cuando encontramos en mi buzón una carta en la que no figuraba la dirección. Dentro había un texto trabajosamente escrito, con letra inexperta: ¡Estimada! Venga a verme el domingo para hablar de las ofensas a mi marido. Estaré en casa todo el día. Si no viene, me veré obligada a tomar medidas. Anna Zaturecka, Praga 3, Dalimilova 14.

Klara estaba aterrorizada y empezó a decir algo acerca de que la culpa era mía. Hice un gesto despectivo y dije que el sentido de la vida consistía en divertirse viviendo y que, si la vida era demasiado holgazana para que eso fuera posible, no había más remedio que darle un empujoncito. Uno debe cabalgar permanentemente a lomos de las historias, esos potros raudos sin los cuales se arrastraría uno por el polvo como un peón aburrido. Cuando Klara me dijo que no tenía la menor intención de cabalgar a lomos de ninguna historia, le garanticé que jamás vería al señor Zaturecky ni a la señora Zaturecka y que la historia sobre cuya montura había saltado yo, iba a dominarla tranquilamente yo solo.

Por la mañana, cuando salíamos de casa, nos detuvo el portero. El portero no es mi enemigo. Hace ya tiempo que lo soborné sabiamente con un billete de cincuenta coronas y desde entonces he vivido con la agradable convicción de que había aprendido a no enterarse de nada que se refiriera a mí y no echaba leña al fuego que mis enemigos avivan en mi contra.

—Ayer hubo dos que preguntaron por usted —le dijo.

—¿Cómo eran?

—Uno bajito, con una tía.

—¿Cómo era la tía?

—Le sacaba dos cabezas. Muy enérgica. Una tía dura. No paraba de hacer preguntas —se dirigió a Klara—: Más que nada preguntaba por usted. Que quién era y que cómo se llamaba.

—Dios mío, ¿y qué le dijo? —se asustó Klara.

—¿Qué le iba a decir? Yo qué sé quién viene a casa del señor ayudante. Le dije que todas las noches venía una distinta.

—Estupendo —saqué del bolsillo un billete de diez coronas—. Siga diciendo lo mismo.

—No tengas miedo —le dije después a Klara—,

el domingo no irás a ninguna parte y nadie te encontrará.

Y llegó el domingo, tras el domingo el lunes, el martes, el miércoles.

—Ya ves —le dije a Klara.

Pero después llegó el jueves. Les estaba contando a mis alumnos, en la habitual clase secreta, cómo los jóvenes fauvistas, apasionadamente y con generosa camaradería, liberaron el color de las ataduras descriptivas del impresionismo, cuando de pronto abrió la puerta la señora Marie y me dijo al oído:

—Está aquí la mujer de ese Zaturecky.

—Pero si yo no estoy —le dije—, enséñele el horario.

Pero la señora Marie hizo un gesto de negación con la cabeza:

—Ya se lo dije, pero ella se metió en su despacho y vio que había un impermeable en el perchero. Y ahora está sentada en el pasillo, esperando.

Los callejones sin salida son mi mejor fuente de inspiración. Le dije a mi alumno preferido:

—Tenga la amabilidad de hacerme un pequeño favor. Vaya a mi despacho, póngase mi impermeable y salga del edificio con él puesto. Habrá una mujer que intentará demostrarle que yo soy usted, pero su tarea consiste en negarlo a cualquier precio.

Mi alumno se fue y regresó al cabo de un cuarto de hora. Me comunicó que había cumplido el encargo, que el campo estaba libre y la mujer fuera de la Facultad.

Por una vez había ganado la partida.

Pero luego llegó el viernes, y Klara volvió del trabajo casi temblando.

El amable señor, que recibe a las clientes en el distinguido salón de la empresa de confección, abrió ese día de pronto la puerta trasera que conduce al taller en el que junto con otras quince costureras trabaja mi Klara y gritó:

—¿Vive alguna de vosotras en el número cinco de la calle Pushkin?

Klara sabía perfectamente que se trataba de ella, porque Pushkin 5 es mi dirección. Pero, haciendo gala de prudencia, no respondió, porque sabía que vivía en mi casa ilegalmente y que nadie tenía por qué inmiscuirse en eso.

—Ya se lo decía yo —dijo el amable señor al ver que ninguna de las costureras respondía, y se marchó.

Al poco tiempo, Klara se enteró de que una mujer de voz severa que llamó por teléfono le había obligado a consultar las direcciones de las empleadas y había estado un cuarto de hora convenciéndolo de que en la empresa tenía que haber una mujer que viviese en Pushkin 5.

La sombra de la señora Zaturecka yacía sobre nuestra idílica habitación.

—Pero ¿cómo ha podido averiguar dónde trabajas? ¡Si en este edificio nadie sabe nada de ti! —exclamé.

Sí, estaba realmente convencido de que nadie sabía de nosotros. Vivía como un excéntrico que cree pasar desapercibido tras una elevada muralla, sin percatarse de un único detalle: de que la muralla es de cristal transparente.

Sobornaba al portero para que no dijese que Klara vivía en mi casa, obligaba a Klara a tomar complicadas medidas para permanecer en secreto y pasar inadvertida, mientras todo el mundo sabía que estaba allí. Bastó una imprudente conversación de Klara con la inquilina del segundo y ya se sabía hasta el sitio en donde trabajaba.

Sin que nosotros tuviésemos la menor sospecha, hacía tiempo que habíamos sido descubiertos. Lo único que seguía siendo un secreto para nuestros perse-

28

guidores era el nombre de Klara. Este secreto era el único y el último escondite que nos permitía seguir huyendo de la señora Zaturecka, que había iniciado su lucha con una tenacidad y un método que me horrorizaban.

Comprendí que la cosa iba en serio; que el caballo de mi historia ya estaba cabalgando a toda marcha.

8

Aquello sucedió el viernes. Y cuando Klara llegó el sábado del trabajo, temblaba una vez más. Había ocurrido lo siguiente:

La señora Zaturecka fue con su marido a la empresa a la que había llamado por teléfono el día anterior y le pidió al director que les permitiese visitar el taller con su marido y examinar las caras de todas las costureras que estuviesen presentes. La petición le pareció ciertamente extraña al director, pero la cara que ponía la señora Zaturecka no era como para rechazar sus exigencias. Hablaba de un modo confuso de ofensas, de vidas destrozadas y de procedimientos judiciales. El señor Zaturecky estaba a su lado, ponía cara de disgusto y permanecía callado.

Así que fueron conducidos al taller. Las costureras levantaron con indiferencia la cabeza y Klara reconoció al hombrecillo; se puso pálida y con llamativo disimulo continuó cosiendo.

—Adelante —le dijo con irónica amabilidad el director al inmóvil dúo. La señora Zaturecka comprendió que debía tomar la iniciativa e incitó a su marido:

—¡Vamos, mira!

El señor Zaturecky levantó la vista con el ceño fruncido y miró a su alrededor.

—¿Es alguna de éstas? —le preguntó al oído la señora Zaturecka.

Al parecer el señor Zaturecky no veía con la precisión suficiente, ni siquiera con gafas, como para abarcar con la mirada, en su conjunto, aquel gran espacio cubierto que, por lo demás, era bastante accidentado, estaba lleno de trastos apilados y de trajes colgados de barras horizontales, y en el que las inquietas costureras no estaban ordenadamente sentadas de cara a la puerta, sino cada cual a su aire: se volvían, cambiaban de silla, se levantaban y miraban involuntariamente hacia otro sitio. De modo que tuvo que recorrer el taller procurando que no se le escapase ninguna.

Cuando las mujeres se dieron cuenta de que estaban siendo observadas por alguien, y además por alguien tan poco agraciado y para ellas tan poco apetecible, experimentaron en lo más profundo de su sensibilidad una vaga sensación de humillación y comenzaron a rebelarse silenciosamente, riéndose y murmurando. Una de ellas, una joven gruesa y malhablada, le espetó:

—¡El tío anda buscando por toda Praga a la desgraciada que lo dejó preñado!

Sobre la pareja se desplomó la burla ruidosa y basta de las mujeres, pero ambos se quedaron en medio de aquella burla, tímidos y tercos, con una especie de extraña dignidad.

—Madre —volvió a exclamar la chica malhablada dirigiéndose a la señora Zaturecka— ¡tiene que cuidar mejor al chiquillo! ¡Yo a un niño tan bonito como ése no lo dejaría ni salir de casa!

—Sigue mirando —le susurró la mujer a su marido, y él, temeroso y con el ceño fruncido, siguió avanzando, paso a paso, como si recorriese el sendero de la vergüenza y el castigo, pero siguió con firmeza y sin dejar de lado ni una sola cara.

El director sonreía durante todo el tiempo con una

sonrisa neutra; conocía bien a las mujeres con las que trabajaba y sabía que no había nada que hacer con ellas; por eso fingió no oír el barullo que hacían y le preguntó al señor Zaturecky:

—¿Y qué aspecto debería tener esa mujer?

El señor Zaturecky se volvió hacia el director y lentamente y en tono serio dijo:

—Era hermosa... era muy hermosa...

Mientras tanto Klara se encogía en un rincón del taller, diferenciándose por su intranquilidad, su cabeza agachada y su febril actividad de todas las demás mujeres que se divertían con la escena. ¡Qué mal simulaba su insignificancia, tratando de pasar desapercibida! Y el señor Zaturecky ya estaba a un paso de ella y en unos segundos iba a mirarla a la cara.

—No es gran cosa recordar únicamente que era hermosa —le dijo el amable director al señor Zaturecky—. Hay muchas mujeres hermosas. ¿Era alta o baja?

—Alta —dijo el señor Zaturecky.

—¿Era rubia o morena?

El señor Zaturecky se detuvo a reflexionar y dijo:

—Era rubia.

Esta parte de la historia podría servir de parábola sobre la fuerza de la belleza. El señor Zaturecky, cuando vio por primera vez a Klara en mi casa, se quedó tan deslumbrado que en realidad no la vio. La belleza formó ante ella una especie de cortina impenetrable. Una cortina de luz tras la cual estaba escondida como si fuera un velo.

Es que Klara no es ni alta ni rubia. Fue la grandeza interior de la belleza, nada más, la que le dio, ante los ojos del señor Zaturecky, la apariencia de altura física. Y la luz que la belleza irradia le dio a su pelo apariencia dorada.

Así fue cómo, cuando el hombrecillo llegó por fin al rincón del taller en donde Klara se inclinaba nerviosa sobre una falda a medio coser, vestida con su bata marrón de trabajo, no la reconoció. No la reconoció porque jamás la había visto.

9

Cuando Klara terminó de relatar este incidente, en forma entrecortada y con escasas dotes para exponerlo de un modo comprensible, dije:

—Ya lo ves, tenemos suerte.

Pero ella, llorosa, se encaró conmigo:

—De qué suerte me hablas; si no me cogieron hoy, me cogerán mañana.

—Me gustaría saber cómo.

—Vendrán a buscarme aquí, a tu casa.

—No dejaré entrar a nadie.

—¿Y si viene a buscarme la policía? ¿Y si te presionan a ti y hacen que les digas quién soy? Habló de un proceso judicial, me va a acusar de ofensas a su marido.

—Haz el favor, si es de risa: no ha sido más que una broma y un chiste.

—Esta no es época de chistes, hoy todo se toma en serio; dirán que pretendía dañar su imagen y que lo hice a propósito. ¿Tú crees que, cuando lo vean, van a pensar que de verdad puede haberse metido con una mujer?

—Tienes razón, Klara —dije—, seguramente te encerrarán.

—No digas tonterías —dijo Klara—, tú sabes que la situación es grave, basta con que me hagan presentarme ante una comisión disciplinaria para que el asunto figure en mis antecedentes y no salga nunca más del taller. Además me gustaría saber qué pasa con ese trabajo de modelo que me prometes, y no puedo dormir en tu casa porque me daría miedo pensar que van a venir a buscarme, hoy me vuelvo a Celakovice.

Esa fue una de las conversaciones.

Y ese mismo día por la tarde, después de la reunión del departamento, tuve otra.

El jefe del departamento, un canoso profesor de Historia del Arte, un hombre sabio, me invitó a pasar a su despacho.

—Espero que sepa que ese estudio suyo que acaba de publicar no le va a beneficiar mucho —me dijo.

—Sí, lo sé.

—Muchos profesores piensan que sus críticas se refieren a ellos y el rector cree que es un ataque a sus opiniones.

—¿Qué le vamos a hacer?

—Nada —dijo el profesor—, pero ya han pasado los tres años de su ayudantía y habrá un concurso para ocupar el puesto. Por supuesto, lo habitual es que la comisión se lo dé a los que ya han dado clases en la Facultad, ¿está usted seguro de que esa costumbre se vaya a confirmar en su caso? Pero no era de eso de lo que quería hablarle. Siempre ha jugado a favor de usted el haber dado honestamente sus clases, el ser popular entre sus alumnos y el haberles enseñado algo. Pero ahora ya no puede ni siquiera apoyarse en eso. El rector me ha comunicado que hace ya un trimestre que no da clases. Y sin ningún tipo de excusa. Sólo con eso ya sería suficiente para un despido inmediato.

Le expliqué al profesor que no había dejado de dar ni una sola clase, que no se trataba más que de una broma y le conté toda la historia del señor Zaturecky y Klara.

—Bien, yo le creo —dijo el profesor—, pero ¿de qué sirve que yo le crea? Toda la Facultad habla hoy de que no da sus clases y no hace nada. Ya ha discutido el caso el Comité de Empresa y ayer lo llevaron a la Junta de Gobierno.

—Pero ¿por qué no hablaron antes conmigo?

—¿De qué iban a hablar con usted? Lo tienen todo claro. Ahora lo único que están haciendo es examinar su anterior actuación en la Facultad y buscar relaciones entre su pasado y su presente.

—¿Qué pueden encontrar de malo en mi pasado? ¡Usted mismo sabe cuánto me gusta mi trabajo! ¡Nunca he descuidado mis obligaciones! Tengo la conciencia limpia.

—La vida humana es muy ambigua —dijo el profesor—: El pasado de cualquiera de nosotros puede ser perfectamente adaptado lo mismo como biografía de un hombre de Estado, amado por todos, que como biografía de un criminal. Fíjese bien en su propio caso. Nadie pone en duda que le gusta su trabajo. Pero no se le veía con demasiada frecuencia en las reuniones y, cuando alguna vez aparecía, solía quedarse callado. Nadie sabía muy bien cuáles eran sus opiniones. Yo mismo recuerdo que en varias oportunidades, cuando se trataba de cosas serias, de pronto hacía usted una broma que producía incertidumbre. Naturalmente esa incertidumbre quedaba de inmediato olvidada, pero hoy, rescatada del pasado, adquiere de pronto un sentido preciso. Recuerde también cuántas veces ha ocultado usted su presencia cuando venían distintas mujeres a buscarlo a la Facultad. O su último trabajo, del que cualquiera puede afirmar, si le da la gana, que defiende posiciones sospechosas. Claro que todas estas son cuestiones aisladas; pero basta con la luz que sobre ellas arroja su delito actual para que de pronto se unan, formando un conjunto que pone de manifiesto cuál es su carácter y su actitud.

—Pero ¿de qué delito se trata? —exclamé—: Explicaré delante de todos cómo han ocurrido las cosas: si las personas son personas, tendrán que reírse.

—Como le parezca. Pero verá usted que, o las personas no son personas, o usted no sabía cómo eran las personas. No se van a reír. Si usted les explica todo tal como ha ocurrido, se pondrá de manifiesto que no sólo no cumplió con sus obligaciones tal como las establecía el horario, es decir que no hizo lo que tenía que hacer, sino que además ha dado clases ilegalmente, es decir que hizo lo que no tenía que hacer. Se pondrá de manifiesto que ha ofendido a un hombre que le había pedido ayuda. Se pondrá de manifiesto que su vida privada es desordenada, que en su casa vive cierta joven sin estar dada de alta, lo cual tendrá una influencia muy perniciosa en la presidenta del Comité de Empresa. Todo este asunto será de dominio público y quién sabe qué nuevos cotilleos aparecerán; lo que es seguro es que les vendrán muy bien a todos aquellos que se sienten molestos por las ideas que usted defiende, pero que sienten vergüenza de enfrentarse con usted por ese motivo.

Yo sabía que el profesor no pretendía ni asustarme ni engañarme, pero lo consideraba un excéntrico y no quería aceptar su escepticismo. Yo mismo me había montado en aquel caballo y ahora no podía permitir que me arrancase las riendas de las manos y me llevase adonde él quisiera. Estaba dispuesto a luchar contra él.

Y el caballo no rehuía el combate. Cuando llegué a casa, me esperaba en el buzón una citación a la reunión del Comité de Vecinos.

10

El Comité celebraba sus sesiones en una antigua tienda fuera de uso, alrededor de una mesa alargada. Un hombre canoso con gafitas y la barbilla hundida me indicó que tomara asiento. Le di las gracias, me senté y aquel mismo hombre tomó la palabra. Me comunicó que el Comité seguía mis pasos desde hacía tiempo, que sabía muy bien que llevaba una vida privada desordenada y que eso no producía una buena impresión; que los inquilinos de mi edificio ya se habían quejado más de una vez de que no podían dormir por el ruido que hacía en mi casa durante toda la noche; que aquello era suficiente para que el Comité de Vecinos se formara una idea apropiada de mí. Y que ahora, por si fuera poco, había acudido a ellos la camarada Zaturecka, la esposa de un trabajador científico. Que debía haber escrito hace ya medio año un informe sobre la obra científica de su marido y no lo había hecho, a pesar de que sabía que de mi informe dependía el futuro de la mencionada obra.

—¡De qué obra científica me hablan! —interrumpí al hombre de la barbilla pequeña—: Es un pegote de ideas copiadas de libros de texto.

—Muy interesante, camarada —se mezcló ahora en la conversación una rubia de unos treinta años, vestida en plan moderno, en cuya cara se había quedado pegada (probablemente para siempre) una sonrisa radiante—. Permítame una pregunta: ¿cuál es su especialidad?

—La teoría del arte.

—¿Y la del camarada Zaturecky?

—No lo sé. Probablemente intenta algo parecido.

—Ya lo ven —la rubia se dirigió entusiasmada a los demás—, el camarada no ve en un trabajador de su misma especialidad a un colega, sino a un competidor.

—Prosigo —dijo el hombre de la barbilla hundida—, la camarada Zaturecka nos dijo que su esposo fue a verle a usted a su casa y que encontró en ella a una mujer. Según parece, esa mujer lo acusó ante usted de haber pretendido aprovecharse sexualmente de ella. Pero la camarada Zaturecka cuenta con documentos que certifican que su marido no es capaz de semejante cosa. Quiere saber el nombre de la mujer que acusó a su marido y poner este asunto en manos de la comisión disciplinaria del Ayuntamiento, porque esta acusación infundada ha representado para su marido un perjuicio material.

Hice un nuevo intento por quitarle a todo este ridículo lío su injustificado dramatismo:

—Camaradas —dije—, toda esta historia carece de sentido. Ese trabajo es tan flojo que ni yo ni nadie podría recomendar su publicación. Y si entre el señor Zaturecky y esa mujer se produjo algún malentendido, no creo que sea como para convocar una reunión.

—Por suerte no eres tú, camarada, quien decide cuándo tenemos que reunirnos —me respondió el hombre de la barbilla hundida.

—Y eso que dices, que el artículo del camarada Zaturecky es malo, hemos de interpretarlo como una venganza. La camarada Zaturecka nos ha facilitado la carta que le escribiste a su marido después de leer su trabajo.

—Sí. Pero en esa carta no digo una palabra acerca de la calidad del artículo.

—Es verdad. Pero dices que quieres ayudarle; de tu carta se desprende claramente que aprecias el trabajo del camarada Zaturecky. Y ahora dices que es un pegote. ¿Por qué no se lo escribiste ya en aquella carta? ¿Por qué no se lo dijiste cara a cara?

—El camarada tiene dos caras —dijo la rubia.

En ese momento intervino en la conversación una mujer mayor con el pelo ondulado de peluquería; no se anduvo con rodeos:

—Lo que quisiéramos que nos dijeras, camarada, es el nombre de la mujer a la que el señor Zaturecky encontró en tu casa.

Comprendí que probablemente no sería capaz de hacer que todo aquel lío perdiera su absurda gravedad y que no me quedaba más que una posibilidad: hacerles perder la pista, alejarles de Klara, atraerlos hacia otro sitio, tal como la perdiz atrae al perro de caza alejándolo y ofreciendo su cuerpo a cambio de los cuerpos de sus pichones.

—Es una pena, pero no me acuerdo de su nombre —dije.

—¿Cómo no te vas a acordar del nombre de la mujer con la que vives? —preguntó la mujer del pelo ondulado.

—Se ve que el camarada tiene un comportamiento ejemplar para con las mujeres —dijo la rubia.

—Es posible que lo recordara, pero tendría que pensarlo. ¿Saben ustedes qué día fue la visita del señor Zaturecky?

—Fue exactamente —el hombre de la barbilla hundida miró sus papeles— el miércoles catorce por la tarde.

—El miércoles... catorce... un momento... —apoyé la cabeza en las palmas de las manos y me puse a pensar—: Ya me acuerdo. Era Helena —todos estaban pendientes de mis palabras.

—Helena ¿qué?

—¿Qué? Desgraciadamente lo ignoro. No se lo quise preguntar. En realidad, para serles franco, ni siquiera estoy seguro de que se llamase Helena. Le puse ese nombre porque su marido era pelirrojo como Menelao. La conocí el martes por la noche en un bar y conseguí hablar con ella un momento cuando su Menelao se acercó a la barra a tomar un coñac. Al día siguiente vino a verme y estuvo en casa toda la tarde. Pero tuve que dejarla sola dos horas porque tenía una reunión en la Facultad. Cuando volví estaba disgustada porque había venido un hombrecillo a molestarla, creyó que yo estaba conchabado con él, se ofendió y ya no quiso saber nada de mí. Y ya lo ven, ni siquiera tuve tiempo de averiguar su verdadero nombre.

—Camarada, independientemente de que lo que dice sea cierto— dijo la rubia—, me parece incomprensible que usted pueda educar a nuestra juventud. ¿Acaso nuestro modo de vida no le sirve de inspiración más que para beber y para aprovecharse de las mujeres? Puede estar seguro de que daremos nuestra opinión al respecto donde corresponda.

—El portero no dijo nada de ninguna Helena —intervino ahora la mujer mayor del pelo ondulado—. Pero nos informó de que hace ya un mes que tienes en tu casa, sin darla de alta, a una chica que trabaja en la empresa de confección. ¡No olvides, camarada, que estás en un piso subalquilado! ¿Te crees acaso que puede vivir alguien en tu piso, así por las buenas? ¿Piensas que nuestra casa es un burdel? Si no nos quieres decir su nombre, ya lo averiguará la policía.

11

Las cosas iban cada vez peor. Yo mismo empezaba a notar en la Facultad el ambiente de rechazo del que me había hablado el profesor. Hasta el momento no me habían convocado oficialmente, pero de vez en cuando oía alguna indirecta y de vez en cuando, por compasión, me hacía alguna confidencia la señora Marie, en cuyo despacho los profesores tomaban el café y hablaban sin preocuparse de que alguien pudiera oírles. Dentro de un par de días debía reunirse la comisión encargada del concurso, que ahora se dedicaba a·recoger todas las valoraciones posibles; me imaginaba lo que dirían los miembros de la comisión al leer el informe del Comité de Vecinos, un informe del que sólo sabía que era secreto y sobre el cual yo no tendría oportunidad de pronunciarme.

Hay momentos en la vida en los que uno tiene que batirse en retirada. En los que debe rendir las posiciones menos importantes para salvar las más importantes. Yo pensé que mi posición más importante, mi último reducto, era mi amor. Sí, en aquellos días de inquietud comencé de pronto a darme cuenta de que amaba a mi costurera y me sentía ligado a ella.

Ese día me encontré con ella junto al museo. No, en casa no. ¿Acaso aquella casa seguía siendo mi hogar? ¿Puede una habitación con las paredes de cristal ser un hogar? ¿Una habitación vigilada con prismáticos? ¿Una habitación en la que uno tiene que ocultar a la que ama con más precauciones que si se tratara de una mercancía de contrabando?

Mi casa ya no era mi casa. Teníamos la misma sensación que alguien que se ha internado en territorio ajeno y a cada momento puede ser capturado, nos ponían nerviosos los pasos que se oían en el pasillo, estábamos constantemente esperando a que alguien llamara con insistencia a la puerta. Klara había vuelto a vivir en Celakovice y, en aquella casa nuestra, que se nos había vuelto ajena, ya no teníamos ganas de vernos ni siquiera durante un rato. Por eso le había pedido a un amigo pintor que me prestara su estudio para pasar la noche. Aquel día me dejó la llave por primera vez.

Así que nos encontramos bajo uno de los altos techos del barrio de Vinohrady, en una enorme habitación con una pequeña cama y una gran ventana inclinada desde la que se veía toda la Praga nocturna en medio de un montón de cuadros apoyados contra la pared; en el desorden y la despreocupada suciedad del estudio del pintor, volví de pronto a sentir la antigua sensación de despreocupada libertad. Me tumbé en la cama, introduje el sacacorchos en el corcho y abrí una botella de vino. Hablaba con alegría y despreocupación, y disfrutaba pensando en la noche que me esperaba.

Pero la angustia de la que yo me había liberado cayó por entero sobre Klara.

Ya mencioné que Klara había venido, sin el menor escrúpulo y hasta con la mayor naturalidad, a vivir a mi buhardilla. Pero ahora que nos encontrábamos por un momento en un estudio ajeno, se sentía incómoda. Más que incómoda.

—Esto me resulta humillante —me dijo.

—¿Qué es lo que te humilla? —le pregunté.

—Que hayamos tenido que pedir un piso prestado.

—¿Y por qué te humilla que hayamos tenido que pedir un piso prestado?

—Porque tiene algo de humillante —respondió.

—Es que no podíamos hacer otra cosa.

—Ya —respondió—, pero en un piso prestado me siento como si fuera una golfa.

—Por Dios, ¿por qué ibas a tener que sentirte como una golfa precisamente en un piso *prestado*? Las golfas suelen desarrollar sus actividades en sus casas y no en casas prestadas...

Era inútil pretender atacar con razonamientos el firme muro de sentimientos irracionales con los que, al parecer, está modelada el alma de la mujer. Nuestra conversación tuvo desde el comienzo mal cariz.

Le conté entonces a Klara lo que me había dicho el profesor, le conté lo que había sucedido en el Comité de Vecinos y traté de convencerla de que al final acabaríamos por triunfar.

Klara permaneció un rato en silencio y luego dijo que la culpa de todo la tenía yo.

—¿Al menos podrás sacarme de ese taller de costura?

Le dije que quizás ahora tuviera que tener un poco de paciencia.

—Ya ves —dijo Klara—, muchas promesas y al final no harás nada. Y yo sola nunca saldré de allí, aunque otra persona quiera ayudarme, porque por culpa tuya tendré malos antecedentes.

Le di a Klara mi palabra de que lo que había ocurrido con el señor Zaturecky no le afectaría a ella.

—De todos modos no entiendo —dijo Klara— por qué no escribes ese informe. Si lo escribieras, en seguida se acabarían los problemas.

—Ya es tarde, Klara —le dije—. Si escribiese el informe dirían que lo hago para vengarme y se pondrían aún más furiosos.

—¿Y por qué ibas a tener que hacer un informe negativo? ¡Hazlo positivo!

—Eso no puedo hacerlo, Klara. Es un artículo totalmente infumable.

—¿Y qué? ¿Por qué de pronto te haces el sincero? ¿No era mentira cuando le escribiste a ese hombrecillo que en el «Pensamiento Artístico» no te hacían ningún caso? ¿Y no era mentira cuando le dijiste a ese hombrecillo que me había querido seducir? ¿Y no fue mentira cuando te inventaste a aquella Helena? Así que, si ya has mentido tanto, ¿qué más te da mentir una vez más y hacer un informe elogioso? Es la única forma de arreglarlo.

—Ya ves, Klara —dije—, tú crees que todas las mentiras son iguales y parece como si tuvieras razón. Pero no la tienes. Yo puedo inventar cualquier cosa, reírme de la gente, idear historias y gamberradas, pero no tengo la sensación de ser un mentiroso ni me remuerde la conciencia; cuando digo esas mentiras, si quieres llamarlas así, soy yo mismo, tal como soy; al decir una de esas mentiras no estoy fingiendo, sino que en realidad digo la verdad. Pero hay cosas sobre las cuales no puedo mentir. Hay cosas que he conseguido comprender, cuyo sentido he descifrado, cosas a las que quiero y que tomo en serio. Y entonces no se puede bromear. Si mintiese sobre ellas, me avergonzaría de mí mismo y eso no puedo hacerlo, no me lo pidas porque no lo haré.

No nos entendíamos.

Pero yo amaba a Klara y estaba dispuesto a hacer todo lo necesario para que no tuviera nada que reprocharme. Al día siguiente le escribí una carta a la señora Zaturecka. Le dije que la esperaba dentro de dos días en mi despacho.

12

Increíblemente metódica como siempre, la señora Zaturecka llamó a la puerta justo a la hora fijada. Abrí la puerta y la invité a entrar.

Por fin la veía. Era una mujer alta, muy alta, con una cara grande y delgada de campesina, desde la que miraban dos ojos color azul pálido.

—Póngase cómoda —le dije y ella se quitó torpemente una especie de abrigo largo y oscuro, entallado en la cintura y de una forma extraña, un abrigo que, quién sabe por qué, me recordaba una antigua capa militar.

No quería ser el primero en atacar; quería que fuese el adversario el primero en enseñar las cartas. La señora Zaturecka se sentó y, tras algunas frases, la invité a hablar.

—Ya sabe usted por qué le buscaba —dijo con voz seria y sin ninguna agresividad—. Mi marido siempre le ha apreciado a usted como especialista y como persona honesta. Todo dependía de su informe. Pero usted no quiso hacérselo. Mi marido ha estado trabajando en ese artículo tres años. El ha tenido una vida mucho más difícil que la de usted. Era maestro, todos los días iba a dar clases a treinta kilómetros de Praga. Yo misma le obligué el año pasado a dejarlo para dedicarse únicamente a la ciencia.

—¿El señor Zaturecky no tiene trabajo? —pregunté.

—No.

—¿Y de qué viven?

—Por ahora tengo que hacerme cargo de todo yo sola. La ciencia es la gran pasión de mi marido. Si usted supiese todo lo que ha estudiado. Si supiese la cantidad de folios que ha escrito. El siempre dice que un científico de verdad tiene que escribir trescientas páginas para que le queden treinta buenas. Y entonces apareció esa mujer. Créame, yo lo conozco, él no sería capaz de hacer eso de lo que le acusa esa mujer, no me lo creo, ¡que lo diga delante de él y de mí! Yo conozco bien a las mujeres, puede que ella lo quiera a usted y usted no esté enamorado de ella. Puede que quiera darle celos. Pero debe usted creerme, ¡mi marido no se atrevería nunca!

Estaba oyendo a la señora Zaturecka y de pronto me sucedió algo curioso: ya no era consciente de que se trataba de la mujer por la cual iba a tener que dejar la Facultad, de que era la mujer por la cual se había ensombrecido mi relación con Klara, la mujer por la que había pasado tantos días de enfados y disgustos. De pronto, la relación entre ella y la historia en la que ahora ambos desempeñábamos un triste papel me parecía vaga, difusa, casual. De pronto comprendí que no fue más que una ilusión haber pensado que cabalgamos nosotros mismos en nuestras propias historias y que dirigimos su marcha; que en realidad es posible que no sean, en absoluto, *nuestras* historias, que es

44

más probable que nos sean adjudicadas *desde fuera*; que no nos caracterizan; que no podemos responder de su extrañísima trayectoria; que nos raptan, dirigidas desde otra parte por fuerzas *extrañas*.

Por lo demás, cuando miré a los ojos a la señora Zaturecka, me pareció que aquellos ojos no podían ver hasta el fin de los actos, me pareció que aquellos ojos no miraban; que no hacían más que nadar en medio del rostro; que estaban fijos.

—Puede que tenga razón, señora Zaturecka —dije en tono apaciguador—: Es posible que mi chica realmente no dijera la verdad, pero ya sabe usted lo que pasa cuando un hombre es celoso; le creí y me fallaron un poco los nervios. Eso le puede pasar a cualquiera.

—Claro, por supuesto —dijo la señora Zaturecka y se notó que se había quitado un peso de encima—, qué bien que usted mismo lo reconozca. Temíamos que la creyese. Porque esa mujer podía haberle estropeado la vida a mi marido. No me refiero a lo mal que le hacía quedar desde el punto de vista moral. Eso hubiéramos procurado soportarlo. Pero es que mi marido tiene todas sus esperanzas puestas en su informe. En la redacción le dijeron que todo depende de usted. Mi marido está convencido de que, si se publica su artículo, por fin se le reconocerá como científico. Y ya que todo se ha aclarado, ¿le hará el favor de escribir el informe? ¿Podría hacerlo pronto?

Ahora había llegado el momento de la venganza, de darle satisfacción a la rabia acumulada; pero en aquel momento yo no sentía rabia alguna y lo que dije lo dije solamente porque no tenía más remedio que decirlo:

—Señora Zaturecka, eso del informe es complicado. Le confesaré todo lo que ha ocurrido. A mí no me gusta decirle a la gente, cara a cara, cosas desagradables. Esa es mi debilidad. He tratado de evitar al señor Zaturecky, pensando que adivinaría el motivo que tenía para hacerlo. Y es que su trabajo es muy flojo. Carece de valor científico. ¿Me cree?

—Es muy difícil que lo crea. Eso no puedo creerlo —dijo la señora Zaturecka.

—En primer lugar, el trabajo no es nada original. Entiéndame bien, un científico tiene que encontrar siempre algo nuevo; un científico no puede simplemente copiar lo que ya se sabe, lo que escribieron otros.

—Estoy segura de que mi marido no copió ese trabajo.

—Señora Zaturecka, seguro que usted ha leído ese artículo.

Iba a seguir hablando pero la señora Zaturecka me interrumpió.

—No, no lo he leído.

Me quedé sorprendido.

—Entonces léalo.

—Veo muy mal —dijo la señora Zaturecka—, hace ya cinco años que no he leído ni un renglón, pero no necesito leer para saber si mi marido es honesto. Eso es algo que no se aprende leyendo. Yo a mi marido le conozco como una madre a su hijo, lo sé todo de él. Y sé que todo lo que hace es honesto.

Tuve que pasar por lo peor. Le leí a la señora Zaturecka párrafos del artículo de su marido junto a los párrafos correspondientes de diversos autores de los que el señor Zaturecky había sacado sus ideas y la forma de expresarlas. Por supuesto no se trataba de un plagio consciente, sino más bien de una dependencia inintencionada con respecto a autores por los que sentía un enorme respeto. Pero cualquier persona que oyese los párrafos citados comprendería que el trabajo del señor Zaturecky no podía ser publicado por ninguna revista científica seria.

No sé en qué medida la señora Zaturecka atendía

a mis explicaciones, en qué medida las seguía y las entendía, pero permanecía sentada humildemente en el sillón, humilde y obedientemente como un soldado que sabe que no puede abandonar su puesto. Tardamos alrededor de media hora. La señora Zaturecka se levantó entonces del sillón, fijó en mí sus ojos traslúcidos y me pidió con voz inexpresiva que la disculpase; pero yo me di cuenta de que no había perdido la fe en su marido y que si a alguien le echaba en cara algo era a sí misma por no haber sido capaz de hacer frente a mi argumentación, que le parecía oscura e incomprensible. Se puso su abrigo militar y yo comprendí que aquella mujer era un soldado, un triste soldado fatigado por largas marchas, un soldado incapaz de comprender el sentido de las órdenes recibidas, pero dispuesto siempre a cumplirlas sin protestar, un soldado que ahora se aleja derrotado, pero sin mácula.

13

—Bueno, ahora ya no tienes nada que temer —le dije a Klara tras repetirle en el bar Dalmacia mi conversación con la señora Zaturecka.

—Pero si yo no tenía nada que temer —respondió Klara con una confianza en sí misma que me llamó la atención.

—¿Cómo que no? ¡Si no hubiera sido por ti, jamás hubiera citado a la señora Zaturecka!

—Has hecho bien en hablar con ella, porque lo que les habías hecho era lamentable. El doctor Kalousek dice que es algo que resulta incomprensible para una persona inteligente.

—¿Cuándo hablaste con Kalousek?

—Hablé —dijo Klara.

—¿Y se lo contaste todo?

—¿Y qué? ¿Acaso es un secreto? Ahora sé perfectamente lo que eres tú.

—Hm.

—¿Quieres que te diga lo que eres?

—Hazme el favor.

—Un vulgar cínico.

—Eso te lo dijo Kalousek.

—¿Por qué me lo iba a decir Kalousek? ¿Crees que no lo puedo inventar yo misma? Tú estás convencido de que soy incapaz de darme cuenta de lo que haces. A ti te gusta tomarle el pelo a la gente. Al señor Zaturecky le prometiste que ibas a hacer el informe...

—¡Yo no le prometí que iba a hacer el informe!

—Da lo mismo. Y a mí me prometiste que me ibas a conseguir un trabajo. Yo te serví de excusa para el señor Zaturecky, y el señor Zaturecky te sirvió de excusa para mí. Pero, para que lo sepas, ese trabajo lo voy a conseguir.

—¿Con la ayuda de Kalousek? —dije tratando de ser mordaz.

—¡Con la tuya desde luego que no! No tienes ni idea de lo hundido que estás.

—¿Y tú, sí, la tienes?

—Sí, la tengo. El concurso no lo vas a ganar y podrás darte por satisfecho si te aceptan como empleado en alguna galería. Pero tienes que darte cuenta de que la culpa es sólo tuya. Si te puedo dar un consejo, la próxima vez sé honesto y no mientas, porque ninguna mujer respeta a un hombre que miente.

Después se puso de pie, me dio (probablemente por última vez) la mano, dio media vuelta y se marchó.

Pasó un rato antes de que cayera en la cuenta de que (a pesar del gélido silencio que me rodeaba) mi historia no pertenecía a la categoría de las historias trágicas, sino más bien a la de las cómicas.

Eso me proporcionó cierto consuelo.

Segunda parte
La dorada manzana del eterno deseo

Martin

Martin sabe hacer lo que yo no sé. Detener a cualquier mujer en cualquier calle. Tengo que decir que desde que conozco a Martin, y hace ya mucho tiempo que le conozco, he sacado de esta habilidad suya considerable provecho, porque no me gustan las mujeres en menor medida que a él, pero carezco de su descabellada osadía. En cambio, el error de Martin consistía en que la denominada *detención* de la mujer se convertía a veces para él en un virtuosismo, en un fin en sí mismo, con el que frecuentemente todo terminaba. Por eso solía decir, no sin cierta amargura, que parecía un delantero que le pasa generosamente balones seguros a su compañero de juego, para que éste meta luego goles fáciles y recoja una gloria fácil.

El lunes de aquella semana, por la tarde, después de trabajar, le estaba esperando en un café de la Plaza de Wenceslao mientras examinaba un grueso libro sobre la antigua cultura etrusca. La Biblioteca Universitaria había tardado varios meses en tramitar el préstamo del libro desde Alemania y aquel día, cuando por fin me lo entregaron, me lo llevé como si fuera una reliquia, y en realidad me alegró bastante que Martin me hiciese esperar y me diese la oportunidad de hojear el ansiado libro en la mesa del café.

Cada vez que pienso en las viejas culturas de la Antigüedad, siento nostalgia. Quizá se trate, entre

51

otras cosas, de una nostálgica envidia por la desmayada y dulce lentitud de la historia de entonces: la época de la antigua cultura egipcia duró varios miles de años; la época de la antigüedad griega, casi un milenio. En este sentido, la vida individual de los seres humanos imita la historia de los seres humanos; al comienzo está sumergida en una inmóvil lentitud y luego, poco a poco, se va acelerando cada vez más. Martin cumplió hace precisamente dos meses los cuarenta.

Empieza la historia

Fue él quien interrumpió mi meditación. Apareció de pronto junto a la puerta de cristal del café y se dirigió hacia mí, haciendo gestos y movimientos expresivos en dirección a una de las mesas, en la cual, junto a una taza de café, destacaba una mujer. Sin dejar de mirarla se sentó junto a mí y dijo:

—¿Qué te parece?

Me sentí avergonzado; estaba realmente tan concentrado en mi grueso volumen que hasta entonces no me había fijado en la chica; tuve que reconocer que era guapa. Y en ese momento la chica irguió el pecho y llamó al señor de la pajarita negra para decirle que quería la cuenta.

—¡Paga tú también! —me ordenó Martin.

Pensábamos que íbamos a tener que correr tras la chica, pero por suerte se detuvo en el guardarropas. Había dejado allí la bolsa de la compra, y la encargada tuvo que sacarla de quién sabe dónde antes de ponerla delante de la chica en el mostrador. La chica le dio a la encargada un par de monedas de diez céntimos y en ese momento Martin me arrancó de la mano mi libro alemán.

—Mejor lo ponemos aquí —dijo con audaz naturalidad y metió cuidadosamente el libro en la bolsa de la chica.

La chica puso cara de sorpresa pero no supo qué decir.

—En la mano se lleva muy mal —añadió Martin y, al ver que la chica se disponía a cargar con la bolsa, me echó en cara que no sabía comportarme.

La joven era enfermera en el hospital de un pueblo, al parecer estaba en Praga sólo de paso y tenía prisa por llegar a la estación de autobuses de Florenc. Bastó un breve paseo hasta la parada del tranvía para que nos dijéramos todo lo esencial y nos pusiéramos de acuerdo en que el sábado iríamos a B. a visitar a aquella simpática joven quien, como Martin apuntó significativamente, seguro que tendría alguna guapa compañera de trabajo.

El tranvía se aproximaba, le di la bolsa a la joven y ella se dispuso a sacar el libro; pero Martin lo impidió con un gesto galante; ya iremos el sábado a buscarlo, así la señorita mientras tanto... La joven sonreía confusa, el tranvía se la llevaba y nosotros movíamos los brazos en señal de despedida.

No hay nada que hacer, el libro que yo había ansiado durante tanto tiempo estaba de pronto lejos de mí, en manos desconocidas; realmente era un fastidio; pero una especie de rapto se ocupó de proporcionarme rápidamente alas con las que me elevé felizmente por encima de todo aquello.

Martin se puso inmediatamente a pensar en el modo de justificar su ausencia durante la tarde y la noche del sábado ante su jovencísima esposa (porque, en efecto, tiene una mujer muy joven; y lo que es peor: está enamorado de ella; y lo que es aún peor: le tiene miedo; y lo que es aún muchísimo peor: tiene miedo de perderla).

Un registro con éxito

Pedí prestado para nuestra excursión un bonito
Fiat, y el sábado a las dos de la tarde me detuve
delante de la casa de Martin; Martin ya me estaba
esperando y partimos. Era julio y hacía un calor horrible.

Queríamos llegar a B. cuanto antes, pero al pasar
por un pueblo vimos a dos chicos en bañador, con el
pelo mojado, y detuve el coche. El lago estaba realmente cerca, a pocos metros, al final del pueblo. Ya
no duermo tan bien como antes, la noche anterior había estado dando vueltas en la cama hasta las tres de
la mañana por quién sabe qué preocupaciones; necesi-
taba refrescarme; Martin estaba de acuerdo.

Nos pusimos los bañadores y nos lanzamos al
agua. Yo me sumergí y nadé rápidamente hasta la
orilla opuesta. En cambio, Martin no hizo más que re-
mojarse, se echó un poco de agua encima y volvió a
salir. Cuando regresé nadando desde la otra orilla, me
lo encontré en un estado de intensa concentración.
Junto a la orilla alborotaba un grupo de niños, un poco más allá jugaban al balón los jóvenes del pueblo,
pero Martin estaba concentrado en la airosa figura de
una chica que estaba a unos quince metros, de espaldas a nosotros, mirando el agua casi sin moverse.

—Mira —dijo Martin.

—Miro.

—Y ¿qué dices?

—¿Qué debería decir?

—¿No sabes lo que deberías decir?

—Tenemos que esperar a que se dé la vuelta
—opiné.

54

—No nos hace ninguna falta esperar a que se dé la vuelta. Lo que me enseña de este lado es más que suficiente.

—Como quieras —protesté—, pero por desgracia no tenemos tiempo de hacer nada.

—¡Por lo menos registrar, registrar! —dijo Martin y se dirigió a un chiquillo que se estaba poniendo unos pantalones cortos un poco más allá—: Niño, haz el favor, ¿sabes cómo se llama aquella chica? —y señaló a la muchacha que, con extraña apatía, seguía en la misma posición.

—¿Aquélla?

—Sí, aquélla.

—Esa no es de por aquí —dijo el chiquillo.

Martin se dirigió a una niña de unos doce años que estaba tomando el sol justo al lado:

—Niña, ¿no sabes quién es aquella chica que está junto a la orilla?

La niñita se puso de pie obediente:

—¿Aquélla?

—Sí, aquélla.

—Esa es Manka...

—¿Manka? ¿Y qué más?

—Manka Panku... de Traplice...

Y la chica seguía junto al agua, de espaldas a nosotros. Ahora se había agachado a buscar el gorro de baño y, cuando volvió a enderezarse, poniéndoselo en la cabeza, Martin ya estaba a mi lado y me decía:

—Es una tal Manka Panku, de Traplice. Podemos seguir viaje.

Ya estaba completamente tranquilo, contento y evidentemente no pensaba más que en lo que nos quedaba de viaje.

Un poco de teoría

A esto le llama Martin *registro*. Parte de sus ricas experiencias, que le hicieron llegar a la conclusión de que no es tan difícil *seducir* a una chica como, si tenemos unas elevadas exigencias cuantitativas en este sentido, *conocer* siempre a una cantidad suficiente de chicas a las que hasta ahora no hemos seducido.

Por eso afirma que es necesario siempre, en cualquier sitio y en cualquier situación, llevar a cabo un amplio registro, es decir apuntar, en un libro de notas o en la memoria, los nombres de las mujeres que han llamado nuestra atención y con las que alguna vez podríamos *contactar*.

El *contacto* ya es un nivel más elevado de actividad e implica que establecemos con determinada mujer una relación, que la conocemos, que logramos tener acceso a ella.

Si uno disfruta mirando hacia atrás para vanagloriarse, pone el acento en los nombres de las mujeres *amadas*; pero si mira hacia delante, hacia el futuro, debe preocuparse, sobre todo, de tener a suficientes mujeres *registradas* y *contactadas*.

Por encima del contacto sólo existe ya un único nivel de actividad, el último, y quisiera señalar, para hacerle justicia a Martin, que aquellos que sólo persiguen este último nivel son hombres míseros y primitivos que me recuerdan a los jugadores de fútbol de pueblo, que se precipitan irreflexivamente hacia la portería del adversario, olvidando que lo que conduce al gol (y a muchos goles más) no es la simple voluntad alocada de disparar, sino, ante todo, un juego preciso y honesto en el medio campo.

—¿Crees que irás alguna vez a Traplice? —le pregunté a Martin cuando volvimos a ponernos en marcha.

—Eso nunca se sabe... —dijo Martin.

—En todo caso —dije esta vez yo—, el día empieza bien.

El Juego y la Necesidad

Llegamos al hospital de B. de muy buen humor. Eran casi las tres y media. Llamamos a nuestra enfermera desde el teléfono de recepción. Bajó al cabo de un rato con la gorra puesta y la bata blanca; noté que se ruborizaba y lo consideré un buen síntoma.

Martin tomó rápidamente la palabra y la chica nos comunicó que a las siete terminaba su turno y que debíamos esperarla a esa hora frente al hospital.

—¿Ya habló con la señorita compañera suya? —le preguntó Martin y la chica hizo un gesto afirmativo.

—Vendremos las dos.

—Bien —dijo Martin—, pero no podemos colocar aquí al amigo ante un hecho consumado que él desconoce.

—Bueno —dijo la chica—, podemos ir a verla. Bozena está en Medicina Interna.

Atravesamos lentamente el patio del hospital y yo dije tímidamente:

—¿Aún tiene aquel libro grueso?

La enfermera asintió con un gesto y añadió que además estaba allí mismo, en el hospital. Se me quitó un peso de encima e insistí en que lo primero que debíamos hacer era ir a buscarlo.

Naturalmente a Martin le pareció incorrecto que diese tan descaradamente prioridad al libro en lugar de a la mujer que me iba a ser enseñada, pero yo no podía evitarlo.

Reconozco que lo pasé muy mal durante los días en los que el libro sobre la cultura de los etruscos estuvo lejos de mi vista. Sólo gracias a una gran disciplina interior pude soportarlo sin rechistar, porque no quería, por ningún motivo, estropear el Juego, que representa para mí un valor que desde pequeño he aprendido a respetar, supeditándole todos mis intereses personales.

Mientras yo me reencontraba emocionado con mi libro, Martin continuaba la conversación con la enfermera y había logrado ya que la chica le prometiera pedirle prestada para la noche a un compañero suyo una casa de recreo junto al cercano lago Hoter. Todos estábamos encantados, así que por fin nos encaminamos, cruzando el patio del hospital, hacia un pequeño edificio verde en el que estaba la sección de Medicina Interna.

En ese preciso momento se dirigían hacia nosotros una enfermera y un médico. El médico era un sujeto ridículo, altísimo y con las orejas muy separadas, que me llamó la atención, sobre todo porque en ese momento nuestra enfermera me dio un codazo: me reí. Después de cruzarnos con ellos, Martin se volvió hacia mí:

—Vaya suerte que tienes. No te mereces una chica tan preciosa.

Me dio vergüenza reconocer que sólo había mirado al médico alto, de modo que elogié la belleza de la chica. Por otra parte, no se trataba de una actitud hipócrita. Y es que confío más en el buen gusto de Martin que en el mío, porque sé que su buen gusto se basa en un *interés* mucho mayor que el mío. Aprecio la objetividad y el orden en todo, también en las cuestiones amorosas, y por lo tanto me fío más de un conocedor que de un aficionado.

Alguien podría considerar una hipocresía el que me denomine aficionado, yo, un hombre divorciado que está relatando precisamente una de sus (al parecer nada infrecuentes) aventuras. Y sin embargo: soy un aficionado. Podría decirse que yo *juego* a algo que

Martin *vive*. A veces tengo la sensación de que mi vida poligámica no procede más que de la imitación de otros hombres; no niego que en esta imitación he hallado placer. Pero no puedo evitar la sensación de que en ese placer sigue habiendo algo completamente libre, lúdico y revocable, algo como lo que caracteriza por ejemplo las visitas a las galerías de arte o a los paisajes desconocidos y que no está en modo alguno sometido al imperativo incondicional que intuía en la vida erótica de Martin. Era precisamente la presencia de ese imperativo incondicional lo que hacía crecer ante mis ojos la estatura de Martin. Me daba la impresión de que los juicios que él emitía sobre una mujer, los pronunciaba la Naturaleza misma, la mismísima Necesidad.

Un rayo de hogar

Cuando salimos del hospital, Martin subrayó lo bien que nos estaba yendo todo, y luego añadió:

—Claro que por la noche tendremos que darnos prisa. Quiero estar a las nueve en casa.

Me quedé de piedra:

—¿A las nueve? ¡Eso quiere decir salir de aquí a las ocho! ¡Entonces hemos hecho el viaje para nada! ¡Creí que teníamos toda la noche libre!

—¿Para qué quieres perder el tiempo?

—¿Pero qué sentido tiene hacer este viaje para una hora? ¿Qué pretendes conseguir de las siete a las ocho?

—Todo. Ya viste que conseguí una casa, así que todo puede ir rodado. Sólo dependerá de ti, de que actúes con suficiente decisión.

—¿Y me puedes decir por qué tienes que estar a las nueve en casa?

—Se lo he prometido a Jirina. Ha cogido la costumbre de jugar a las cartas todos los sábados antes de acostarse.

—¡Dios mío! —suspiré.

—Jirina ha vuelto a tener ayer problemas en la oficina, ¿cómo voy a privarla de esta pequeña satisfacción de los sábados? Ya lo sabes: es la mejor mujer que jamás he tenido. Además —añadió—, tú también estarás contento de llegar a Praga con toda la noche por delante.

Comprendí que era inútil protestar. Los temores de Martin con respecto a la tranquilidad de su mujer no podían ser acallados en modo alguno, y su fe en las infinitas posibilidades eróticas de cada hora y cada minuto era inconmovible.

—Vamos —dijo Martin—, ¡nos quedan tres horas hasta las siete! ¡No perdamos el tiempo!

El engaño

Tomamos por el amplio camino del parque local, que servía de paseo a los habitantes de la ciudad. Observamos a las parejas de chicas que pasaban a nuestro lado o estaban sentadas en los bancos, pero no nos satisfacieron sus cualidades.

Martin saludó a dos de ellas, les dio conversación y hasta concertó una cita, pero yo sabía que no lo hacía en serio. Era el denominado *contacto de entrenamiento,* que Martin ejercitaba de vez en cuando para no perder la forma.

Abandonamos el parque y nos internamos por las calles, que irradiaban el vacío y el aburrimiento propios de una ciudad pequeña.

—Vamos a beber algo, tengo sed —le dije a Martin. Encontramos un edificio encima del cual había un cartel: CAFETERIA. Entramos, pero no era más que un autoservicio; una sala con las paredes de azulejos que rezumaban frialdad; nos acercamos al mostrador, le pedimos a una señora desagradable dos vasos de agua coloreada y nos los llevamos a una mesa que estaba manchada de salsa y nos invitaba a marcharnos de allí cuanto antes.

—No lo tengas en cuenta —dijo Martin—, la fealdad tiene en nuestro mundo su función positiva. Nadie quiere pasar mucho tiempo en ningún sitio, la gente se da prisa por irse de todas partes y así se logra el ritmo de vida deseado. Pero nosotros no nos dejaremos provocar. Aquí, en la tranquilidad de este horrendo local, podemos hablar de muchas cosas —le dio un sorbo a su limonada y me preguntó—: ¿Ya contactaste con la médica?

—Por supuesto —le dije.

—¿Y qué tal está? ¡Descríbemela con todo detalle!

Le describí a la médica. No me dio mucho trabajo, a pesar de que la médica en cuestión no existía. Sí. Puede que eso me haga quedar mal, pero es así: *me la inventé.*

Juro que no lo hice por motivos espúreos, para quedar bien ante Martin, o para tomarle el pelo. Me inventé a la médica simplemente porque no fui capaz de hacer frente a la insistencia de Martin.

Las exigencias que tenía Martin con respecto a mi actividad eran inmensas. Martin estaba convencido de que yo conocía todos los días a mujeres nuevas. Me veía de un modo distinto a como yo era en realidad y, si le hubiese dicho la verdad, que en toda la semana no sólo no había conquistado a ninguna mujer nueva, sino que ni siquiera me había topado con ninguna, me habría considerado un hipócrita.

Por eso me había visto obligado, hace cosa de una

semana, a fingir el registro de una médica. Martin se alegró y me incitó a contactarla. Y ahora controlaba mis progresos.

—¿Y a qué nivel está? ¿Está al nivel de... —cerró los ojos y se puso a cazar entre las tinieblas algún modelo comparable; entonces se acordó de una amiga común—: ...está al nivel de Marketa?

—Es muy superior —dije.

—No me digas —se asombró Martin.

—Está al nivel de tu Jirina.

Su propia mujer era para Martin el más elevado de los modelos. Martin se quedó muy feliz con mis noticias y se puso a soñar.

Un contacto con éxito

En ese momento entró en la sala una chica con pantalones de pana y anorak. Fue hasta el mostrador, esperó a que le sirvieran una limonada y fue a bebérsela. Se detuvo junto a la mesa que estaba al lado de la nuestra, se llevó el vaso a los labios y se puso a beberla sin sentarse.

Martin se volvió hacia ella:

—Señorita —dijo—, somos de fuera y tenemos una pregunta que hacerle...

La chica sonrió. Era bastante guapa.

—Tenemos mucho calor y no sabemos qué hacer.

—Vayan a bañarse.

—Ese es precisamente el problema. No sabemos dónde puede uno bañarse en este sitio.

—En este sitio no hay donde bañarse.

—¿Cómo es posible?

—Hay una piscina, pero está vacía desde hace un mes.

—¿Y el río?

—Lo están dragando.

—Entonces, ¿adónde van a bañarse?

—Unicamente al lago de Hoter, pero está por lo menos a siete kilómetros.

—Eso no es nada, tenemos coche, basta con que nos guíe.

—Con que sea nuestra guía —dije.

—Y nuestro norte —añadió Martin.

—Nuestra estrella polar —dije yo.

—Con este calor será más bien una estrella tropical —me corrigió Martin.

—Pues yo diría que la señorita es por lo menos de cinco estrellas.

—En todo caso es usted nuestra constelación y debería acompañarnos —dijo Martin.

La chica se había quedado confundida por nuestra charlatanería y al final dijo que estaría dispuesta a ir, pero que le quedaba algo por hacer y después tendría que pasar a buscar el bañador; que la esperásemos justo dentro de una hora en aquel mismo sitio.

Estábamos contentos. La veíamos alejarse, moviendo estupendamente el trasero y haciendo ondear sus rizos negros.

—Ves —dijo Martin—, la vida es breve. Tenemos que aprovechar cada minuto.

Elogio de la amistad

Volvimos al parque. Una vez más observamos las parejas de chicas sentadas en los bancos; incluso había casos en los que alguna de las muchachas era guapa; pero nunca era guapa también su vecina.

—Esto responde a una especie de curioso principio

63

—le dije a Martin—, la mujer fea espera lograr algo del esplendor de su amiga más guapa; la amiga guapa, a su vez, espera reflejarse con mayor esplendor si la fea le sirve de telón de fondo; de ahí se desprende que nuestra amistad se vea sometida a continuas pruebas. Y yo aprecio precisamente que nunca dejemos la elección al desarrollo de los acontecimientos o, incluso, a la competición mutua; entre nosotros la elección siempre es cosa de amabilidad; nos ofrecemos la chica más bonita como dos señores pasados de moda que nunca pueden entrar a un sitio por la misma puerta, porque no están dispuestos a admitir que uno de ellos entre el primero.

—Sí —dijo Martin emocionado—. Eres un amigo estupendo. Ven, vamos a sentarnos un rato, me duelen los pies.

Así que nos sentamos agradablemente reclinados, con la cara expuesta a los rayos del sol, dejando que el mundo diese vueltas alrededor de nosotros sin prestarle atención.

La chica vestida de blanco

De pronto Martin se incorporó (movido evidentemente por algún sensor secreto) y miró fijamente hacia el solitario camino del parque. Avanzaba hacia nosotros una chiquilla vestida de blanco. Ya a distancia, cuando aún no podían identificarse con seguridad ni las proporciones del cuerpo ni los rasgos de la cara, se notaba en ella un especial encanto, difícilmente discernible; una especie de pureza o de ternura.

Cuando la chiquilla estuvo ya bastante cerca de nosotros vimos que era muy joven, algo entre una niña y una jovencita, y aquello nos produjo de pronto un estado de absoluta excitación, de modo que Martin se levantó de un salto del banco:

—Señorita, soy Milos Forman, director de cine; tiene que ayudarnos.

Extendió su mano y la chiquilla se la estrechó con una mirada infinitamente asombrada.

Martin hizo un movimiento con la cabeza señalándome a mí y dijo:

—Este es mi *cameraman*.

—Ondricek —dije dándole la mano a la muchacha.

La chiquilla hizo una reverencia.

—Nos encontramos en una situación embarazosa. Estoy buscando exteriores para mi película; tenía que esperarnos aquí nuestro asistente, que conoce bien el sitio, pero el asistente no ha llegado, así que estamos ahora pensando cómo hacer para orientarnos en esta ciudad y en sus alrededores. Aquí el camarada cameraman no para de estudiarlo en este grueso libro alemán, pero ahí, desgraciadamente, no va a encontrar nada.

La alusión al libro que no había podido leer en toda la semana de pronto me irritó:

—Es una lástima que usted mismo no tenga mayor interés por este libro —ataqué a mi director—. Si durante la preparación de sus películas estudiase como corresponde y no dejase el estudio en manos de los cámaras, es posible que sus películas no fuesen tan superficiales y no hubiese en ellas tantas cosas absurdas... Perdone —me dirigí a la chiquilla pidiéndole disculpas—, no es nuestra intención darle a usted la lata con los problemas de nuestro trabajo; es que se trata de una película histórica que se va a referir a la cultura etrusca en Bohemia...

—Sí —dijo la chica.

—Es un libro muy interesante, fíjese —le entregué el libro a la chiquilla, que lo cogió con una especie de temor religioso y, al ver que ése era mi deseo, lo hojeó brevemente.

—Por aquí cerca tiene que estar el castillo de Pchacek —continué—, que era el centro de los etruscos checos... pero ¿cómo podríamos llegar hasta allí?

—Está muy cerca —dijo la chiquilla y se le iluminó la cara porque su perfecto conocimiento del camino de Pchacek le había brindado un poco de tierra firme en medio de la oscura conversación que manteníamos con ella.

—¿Sí? ¿Conoce el sitio? —preguntó Martin fingiendo un gran alivio.

—¡Por supuesto! —dijo la chiquilla—: ¡No está a más de una hora de camino!

—¿A pie? —preguntó Martin.

—Sí, a pie —dijo la chiquilla.

—Pero tenemos coche —dije yo.

—¿No le gustaría ser nuestro guía? —dijo Martin, pero yo no continué con el habitual ritual de chistes, porque tengo mayor instinto sicológico que Martin y me di cuenta de que ponernos a bromear nos habría perjudicado y que nuestra única arma en este caso era la más absoluta seriedad.

—Señorita, no quisiéramos abusar de su tiempo —dije—, pero si fuera tan amable de enseñarnos algunos sitios que estamos buscando, nos haría un gran favor, y le quedaríamos muy agradecidos.

—Claro que sí —dijo la chiquilla volviendo a hacer una inclinación con la cabeza—, yo encantada... Pero es que... —y hasta ese momento no nos habíamos dado cuenta de que llevaba en la mano una bolsa de malla y dentro de ella dos lechugas— tengo que llevarle la lechuga a mamá; pero está muy cerca de aquí y en seguida estaría de vuelta...

—Por supuesto que hay que llevarle a mamá la lechuga a tiempo y en perfecto estado —dije—, aquí estaremos esperándole.

—Sí. No tardaré más de diez minutos —dijo la chiquilla, volvió a hacernos otra inclinación de cabeza y se alejó con esforzada prisa.

—¡Vaya por dios! —dijo Martin y se sentó.

—Estupendo, ¿no?

—Desde luego. Por esto sí que soy capaz de sacrificar a nuestras dos enfermeras.

Los peligros del exceso de fe

Pero pasaron diez minutos, un cuarto de hora, y la chiquilla no regresaba.

—No temas —me consolaba Martin—. Si hay algo seguro es que volverá. Nuestra actuación fue totalmente convincente y la chiquilla estaba entusiasmada.

Yo también era de la misma opinión, de modo que seguimos esperando y nuestro deseo de volver a ver a aquella chiquilla de aspecto infantil aumentaba a cada minuto que pasaba. Mientras tanto se nos pasó la hora acordada para nuestro encuentro con la chica del pantalón de pana, pero estábamos tan concentrados en nuestra blanca jovencita que ni siquiera se nos ocurrió levantarnos.

Y el tiempo transcurría.

—Oye Martin, creo que ya no vendrá —dije por fin.

—¿Cómo te lo puedes explicar? Si esa chiquilla creía en nosotros como en Dios.

—Sí —dije—, y ésa fue nuestra desgracia. Nos creyó *demasiado*.

—¿Y qué? ¿Acaso querías que no nos creyese?

—Probablemente hubiera sido mejor. El exceso de fe es el peor aliado —aquella idea me entusiasmó; empecé a divagar—: Cuando crees en algo al pie de la letra, terminas por exagerar las cosas *ad absurdum*. El verdadero partidario de determinada política nunca se toma en serio sus *sofismas*, sino tan sólo los objetivos prácticos que se ocultan tras estos sofismas. Las frases políticas y los sofismas no están, naturalmente, para que la gente se los crea; su función es más bien la de servir de *disculpa compartida, establecida de común acuerdo*; los ingenuos que se los toman en serio terminan antes o después por descubrir las contradicciones que encierran, se rebelan y al final acaban vergonzosamente como herejes y traidores. No, el exceso de fe nunca trae nada bueno y no sólo a los sistemas políticos o religiosos; ni siquiera a un sistema como el que nosotros queríamos emplear para conquistar a la chiquilla.

—Me parece que ya no te entiendo —dijo Martin.

—Es bastante comprensible: para esta chiquilla éramos *sólo* dos señores serios e importantes.

—¿Y entonces por qué no nos hizo caso?

—Porque creía demasiado en nosotros. Le dio a su mamá la lechuga y en seguida se puso a hablarle de nosotros entusiasmada: de la película histórica, de los etruscos en Bohemia y la mamá...

—Ya, lo demás ya me lo imagino... —me interrumpió Martin levantándose del banco.

La traición

Por lo demás, el sol ya se estaba poniendo lentamente sobre los tejados de la ciudad; había refrescado levemente y estábamos tristes. Fuimos por si acaso a mirar al autoservicio para ver si por algún error nos esperaba la chica del pantalón de pana. Naturalmente no estaba. Eran las seis y media. Nos dirigimos hacia el coche, con la repentina sensación de dos personas que han sido desterradas de una ciudad extraña y de sus placeres; decidimos que no nos quedaba otro remedio que recluirnos en el espacio extraterritorial de nuestro propio coche.

—¡Pero bueno! —me gritó Martin en el coche—. ¡No pongas esa cara de entierro! ¡No hay ningún motivo para eso! ¡Lo principal aún nos espera!

Tenía ganas de objetar que para lo principal apenas nos había quedado una hora, por culpa de Jirina y su partida de cartas, pero preferí callar.

—Además —prosiguió Martin—, el día ha sido provechoso: el registro de aquella chica de Traplice, el contacto de la señorita del pantalón de pana; ¡no ves que ya tenemos el terreno preparado, no ves que ya no hace falta más que pasar otra vez por aquí!

No protesté. En efecto, el registro y el contacto habían sido realizados estupendamente. Hasta ahí todo era perfecto. Pero en ese momento me puse a pensar que, durante el último año, Martin, aparte de incontables registros y contactos, no había llegado absolutamente a nada que valiese la pena.

Lo miré. Sus ojos relucían como siempre con el brillo del deseo; en aquel momento sentí que le tenía aprecio a Martin y que también le tenía aprecio a la enseña bajo la cual se pasaba la vida marchando: la enseña del eterno acoso a las mujeres.

Pasó el tiempo y Martin dijo:

—Son las siete.

Nos detuvimos a unos diez metros de la puerta del hospital, de modo que yo pudiese vigilar con toda seguridad por el retrovisor a las personas que salían.

Seguía pensando en aquella enseña. Y también en que, con cada año que pasaba, lo que cada vez importaba menos de aquel acoso a las mujeres eran las mujeres, y lo que cada vez importaba más era el acoso en sí. Siempre que se trate de antemano de una persecución vana, es posible perseguir diariamente a cualquier cantidad de mujeres y convertir así este acoso en un acoso absoluto.

Llevábamos cinco minutos esperando. Las chicas no aparecían.

Aquello no me intranquilizaba en lo más mínimo. Al fin y al cabo, daba absolutamente lo mismo que viniesen o no. Aunque viniesen, ¿íbamos a poder en una sola hora ir con ellas hasta una casa de recreo alejada, entrar en confianza, hacerles el amor y a las ocho despedirnos amablemente y marcharnos? No, en el momento en que Martin limitó nuestras disponibilidades de tiempo a las ocho de la tarde, desplazó (como tantas otras veces) toda esta aventura al terreno del juego; jugábamos a engañarnos a nosotros mismos.

Pasaron diez minutos. Por la puerta no salía nadie.

Martin estaba indignado y casi gritaba:

—Les doy otros cinco minutos. ¡No esperaré más!

Martin ya no es joven, seguí reflexionando. Ama con total fidelidad a su mujer. Vive de hecho en el más ordenado de los matrimonios. Esa es la realidad. Y por encima de esa realidad (y al mismo tiempo que ella) continúa la juventud de Martin, inquieta, alegre y extraviada, una juventud convertida sólo en un juego, incapaz de traspasar ya los límites de su campo de juego, de llegar hasta la vida misma y convertirse en realidad. Y como Martin es un ciego caballero de la Necesidad, transformó *sin darse cuenta* sus aventuras en un inofensivo Juego: sigue poniendo en ellas todo el entusiasmo de su alma.

Bien, me dije. Martin es prisionero de su propio engaño, pero ¿y yo? ¿Y yo? ¿Por qué le ayudo yo en este ridículo juego? ¿Por qué yo, sabiendo que todo esto es un engaño, finjo igual que él? ¿No resulto así aún más ridículo que Martin? ¿Por qué tengo que poner en este momento cara de estar ante una aventura amorosa, sabiendo que lo más que me espera es una hora absolutamente inútil con unas chicas extrañas e indiferentes?

En ese momento vi por el espejo a dos mujeres jóvenes que aparecieron por la puerta del hospital. Desde lejos se notaba ya el brillo del maquillaje y el carmín; iban vestidas con llamativa elegancia y su retraso estaba evidentemente relacionado con su cuidado aspecto. Miraron a su alrededor y se dirigieron hacia nuestro coche.

—Martin, no hay nada que hacer —dije ocultando la presencia de las chicas—. Ya pasó el cuarto de hora. Vamos —y apreté el acelerador.

La contricción

Salimos de B., dejamos atrás las últimas casas y entramos en un paisaje de prados y bosquecillos, sobre cuyas cumbres caía un sol enorme.

Ibamos en silencio.

Yo pensaba en Judas Iscariote, de quien un ingenioso autor dice que traicionó a Jesús precisamente porque *creía* ilimitadamente en él: estaba impaciente por ver el milagro con el que Jesús pondría en evidencia ante todos los judíos su poder divino; por eso lo entregó, para provocarlo y hacerlo actuar de una vez: lo traicionó porque deseaba acelerar su triunfo.

Vaya, me dije, yo en cambio he traicionado a Martin precisamente porque había dejado de creer en él (y en su poder divino como mujeriego); soy una vergonzosa mezcla de Judas Iscariote y Tomás, a quien llamaban «el incrédulo». Sentí cómo mi culpabilidad hacía crecer dentro de mí mis sentimientos hacia Martin y cómo su enseña del eterno acoso (a la que se oía flamear sobre nosotros) me ponía nostálgico hasta hacerme llorar. Empecé a echarme en cara mi precipitada actuación.

¿Acaso yo mismo seré capaz de despedirme con mayor facilidad de esos ademanes que para mí significan la juventud? ¿Y podré entonces hacer al menos otra cosa que *imitarlos* y tratar de encontrar para esta nada razonable actividad un sitio seguro en mi razonable vida? ¿Qué importa si todo es un juego vano? ¿Qué importa si lo *sé*? ¿Acaso dejaré de jugar sólo porque sea vano?

La dorada manzana del eterno deseo

Estaba sentado a mi lado y lentamente se iba disipando su malhumor.

—Oye —me dijo—, esa médica ¿es verdaderamente de tanta categoría?

—Ya te lo dije. Está al nivel de tu Jirina.

Martin me hizo más preguntas. Tuve que volver a describírsela. Después dijo:

—A lo mejor después me la podrías pasar, ¿no?

Intenté que resultara creíble:

—Puede que sea difícil. Le molestaría que seas amigo mío. Es de principios firmes...

—Es de principios firmes... —dijo Martin con tristeza y se veía que le daba pena.

No quería hacerlo sufrir.

—A no ser que ocultase que te conozco —dije—. Podrías hacerte pasar por otra persona.

—¡Magnífico! Por ejemplo por Forman, como hoy.

—Los directores de cine no le gustan. Prefiere más bien a los deportistas.

—¿Por qué no? —dijo Martin—. Todo es posible —y al cabo de un momento ya estábamos en pleno debate.

El plan estaba cada vez más claro y al cabo de un rato ya se balanceaba ante nosotros, en medio de la niebla que comenzaba a caer, como una manzana hermosa, madura, esplendorosa.

Permítanme que con cierto énfasis la denomine la manzana dorada del eterno deseo.

Tercera parte
El falso autoestop

1

La manecilla del nivel de la gasolina cayó de pronto a cero y el joven conductor del coupé afirmó que era cabreante lo que tragaba aquel coche.

—A ver si nos vamos a quedar otra vez sin gasolina —dijo la chica (que tenía unos veintidós años) y le recordó al conductor unos cuantos sitios del mapa del país en los que ya les había sucedido lo mismo.

El joven respondió que él no tenía motivo alguno para preocuparse porque todo lo que le sucedía estando con ella adquiría el encanto de la aventura. La chica protestó; siempre que se les había acabado la gasolina en medio de la carretera, la aventura había sido sólo para ella, porque el joven se había escondido y ella había tenido que utilizar sus encantos: hacer autoestop a algún coche, pedir que la llevasen hasta la gasolinera más próxima, volver a parar otro coche y regresar con el bidón. El joven le preguntó si los conductores que la habían llevado habían sido tan desagradables como para que ella hablase de su misión como de una humillación. Ella respondió (con pueril coquetería) que a veces habían sido *muy* agradables, pero que no había podido sacar provecho alguno porque iba cargada con el bidón y había tenido además que despedirse de ellos antes de que le diera tiempo de nada.

—Miserable —le dijo el joven.

La chica afirmó que la miserable no era ella, sino precisamente él; ¡quién sabe cuántas chicas le hacen autoestop en la carretera cuando conduce solo! El joven cogió a la chica del hombro y le dio un suave beso en la frente. Sabía que ella lo quería y que tenía celos de él. Claro que ser celoso no es una cualidad muy agradable, pero, si no se emplea en exceso (si va unida a la humildad), presenta, además de su natural incomodidad, cierto aspecto enternecedor. Al menos eso era lo que el joven creía. Como no tenía más que veintiocho años, le parecía que era muy mayor y que había aprendido ya todo lo que un hombre puede saber de las mujeres. Lo que más apreciaba de la chica que estaba sentada a su lado era precisamente aquello que hasta entonces había encontrado con menor frecuencia en las mujeres: su pureza.

La manecilla ya estaba a cero cuando el joven vio a la derecha un cartel que indicaba (con un dibujo en negro de un surtidor) que la gasolinera estaba a quinientos metros. La chica apenas tuvo tiempo de afirmar que se había quitado un peso de encima, cuando el joven ya estaba poniendo el intermitente de la izquierda y entrando en la explanada en la que estaban los surtidores. Pero tuvo que detenerse a un lado porque, junto al surtidor, había un voluminoso camión con un gran depósito de metal que mediante una gruesa manguera llenaba de gasolina el depósito del surtidor.

—Vamos a tener que esperar un buen rato —le dijo el joven a la chica y salió del coche—. ¿Va a tardar mucho? —le preguntó a un hombre vestido con un mono azul.

—Un minuto —respondió el hombre.

Y el joven dijo:

—Ya veremos lo que dura un minuto.

Iba a volver al coche a sentarse pero vio que la chica salía por la otra puerta.

—Voy a aprovechar para ir a hacer una cosa —dijo ella.

—¿Qué vas a hacer? —preguntó el joven intencionadamente, porque quería ver la cara que iba a poner.

Hacía ya un año que la conocía y la chica aún era capaz de avergonzarse delante de él, y a él le encantaban esos instantes en los que ella sentía vergüenza; en primer lugar porque la diferenciaban de las mujeres con las que él se había relacionado antes de conocerla, en segundo lugar porque sabía que en este mundo todo es pasajero, y eso hacía que hasta la vergüenza de su chica fuera algo preciado para él.

2

A la chica realmente le desagradaban las ocasiones en las que tenía que pedirle (el joven conducía con frecuencia muchas horas sin parar) que se detuviese un momento junto a un bosquecillo. Siempre le daba rabia cuando él le preguntaba con fingido asombro por el motivo de la parada. Ella sabía que la vergüenza que sentía era ridícula y pasada de moda. En el trabajo había podido comprobar muchas veces que la gente se reía de su susceptibilidad y que la provocaban a propósito. Sentía siempre vergüenza anticipada sólo de pensar que iba a darle vergüenza. Con frecuencia deseaba poder sentirse libre dentro de su cuerpo, despreocupada y sin angustias, como lo hacía la mayoría de las mujeres a su alrededor. Hasta había llegado a inventarse un sistema especial de convencimiento pedagógico: se decía que cada persona recibía al nacer uno de los millones de cuerpos que estaban preparados, como si le adjudicasen una de los millones de habitaciones de un inmenso hotel; que aquel cuerpo era, por tanto, casual e impersonal; que era una cosa prestada y hecha en serie. Lo repetía una y otra vez, en distintas versiones, pero nunca era capaz de sentir de ese modo. Aquel dualismo del cuerpo y el alma le era ajeno. Ella misma era excesivamente su propio cuerpo, y por eso siempre lo sentía con angustia.

Con esa misma angustia se había aproximado también al joven a quien había conocido hacía un año y con el que era feliz quizá precisamente porque nunca separaba su cuerpo de su alma y con él podía vivir *por entero*. En aquella indivisión residía su felicidad, sólo que tras la felicidad siempre se agazapaba la sospecha, y la chica estaba llena de sospechas. Con frecuencia pensaba que las otras mujeres (las que no se angustiaban) eran más seductoras y atractivas, y que el joven, que no ocultaba que conocía bien a aquel tipo de mujeres, se le iría alguna vez con alguna de ellas. (Es cierto que el joven afirmaba que ya estaba harto de ese tipo de mujeres para el resto de su vida, pero la chica sabía que él era mucho más joven de lo que pensaba.) Ella quería que fuese suyo por completo y ser ella por completo de él, pero con frecuencia le parecía que cuanto más trataba de dárselo todo, más le negaba algo: lo que da precisamente el amor carente de profundidad y superficial, lo que da el flirt. Sufría por no saber ser, además de seria, ligera.

Pero esta vez no sufría ni pensaba en nada de eso. Se sentía a gusto. Era su primer día de vacaciones (catorce días de vacaciones en los que durante todo el año había centrado su deseo), el cielo estaba azul (todo el año había estado preguntándose horrorizada si el cielo estaría verdaderamente azul) y él estaba con ella. A su «¿qué vas a hacer?» respondió ruborizándose y se alejó del coche sin decir palabra. Dejó a su lado la estación de servicio que estaba al borde de la carretera, completamente solitaria, en medio del campo; a unos cien metros de allí (en la misma dirección en la que iban) empezaba el bosque. Se dirigió hacia él, se escondió tras un arbusto y disfrutó durante todo ese tiempo de una sensación de satisfacción. (Es que hasta la alegría que produce la presencia del hombre a quien se ama se siente mejor a solas. Si la presencia de él fuera continua, sólo estaría presente en su constante transcurrir. *Detenerla* sólo es posible en los ratos de soledad.)

Después salió del bosque y se dirigió hacia la carretera; desde allí se veía la estación de servicio; el camión cisterna ya se había ido; el coche se había aproximado a la roja torrecilla del surtidor. La chica se puso a andar carretera adelante, mirando a ratos si ya venía. Luego lo vio, se detuvo y empezó a hacerle señas, tal como se las hacen los autoestopistas a los coches desconocidos. El coche frenó y se detuvo justo al lado de la chica. El joven se agachó hacia la ventanilla, la bajó, sonrió y preguntó:

—¿Adónde va, señorita?

—¿Va hacia Bystrica? —preguntó la chica y sonrió con coquetería.

—Pase, siéntese —el joven abrió la puerta. La chica se sentó y el coche se puso en marcha.

3

El joven siempre disfrutaba cuando su chica estaba alegre; no ocurría con frecuencia: tenía un trabajo bastante complicado, en un ambiente desagradable, con muchas horas extras; en casa, su madre estaba enferma, solía estar cansada; tampoco destacaba por la firmeza de sus nervios ni por su seguridad en sí misma, era víctima fácil de la angustia y el miedo. Por eso era capaz de recibir cualquier manifestación de alegría de ella con la ternura y el cuidado de un padre adoptivo. Le sonrió y dijo:

—Hoy estoy de suerte. Hace ya cinco años que conduzco pero nunca he llevado a una autoestopista tan guapa.

La chica le estaba agradecida al joven por cada una de las zalamerías que le hacía; tenía ganas de disfrutar un rato de aquella cálida sensación y por eso le dijo:

—Parece que sabe mentir muy bien.

—¿Tengo cara de mentiroso?

—Tiene cara de disfrutar mintiendo a las mujeres —dijo la chica y en su voz había un resto involuntario de la vieja angustia, porque creía realmente que a su joven le gustaba mentirles a las mujeres.

El joven ya se había sentido molesto algunas veces por los celos de la chica, pero esta vez podía pasarlos fácilmente por alto, porque la frase no iba dirigida a él, sino a un conductor desconocido. Por eso le respondió sin más:

—¿Eso le molesta?

—Si saliese con usted, me importaría —dijo la chica y había en ello un sutil mensaje al joven; pero el final de la frase iba dirigido ya al desconocido conductor—: Pero como a usted no le conozco, no me molesta.

—Las mujeres siempre encuentran muchos más defectos en su propio hombre que en los demás —ahora se trataba de un sutil mensaje pedagógico del joven a la chica—, pero ya que no tenemos nada que ver, podríamos entendernos bien.

La chica no tenía intención de entender el mensaje pedagógico subyacente y por eso se dirigió exclusivamente al conductor desconocido:

—¿Y qué, si dentro de un momento nos vamos a separar?

—¿Por qué?

—Porque en Bystrica me bajo.

—¿Y qué pasaría si yo me bajase con usted?

Al oír estas palabras la chica miró al joven y comprobó que tenía exactamente el aspecto que ella se imaginaba en sus más amargas horas de celos; se horrorizó al ver con qué coquetería la halagaba (a ella, a una autoestopista desconocida) y lo bien que le sentaba. Por eso le contestó en plan provocador:

—¿Y qué iba a hacer *usted* conmigo?

—Con una mujer tan guapa no necesitaría pensar demasiado qué hacer —dijo el joven, y en ese momento hablaba ya más para su chica que para la autoestopista.

Pero la chica sintió como si, al hacerle decir aquella frase halagadora, lo hubiera cogido por sorpresa, como si con un astuto truco lo hubiera obligado a confesar; tuvo un breve e intenso ataque de odio y dijo:

—¿No le parece que exagera?

El joven miró a su chica; aquella cara altiva estaba llena de tensión; sintió lástima por la chica y añoró su mirada habitual, familiar (de la que solía decir que era infantil y sencilla); se acercó a ella, pasó el brazo por su hombro y le susurró el nombre con que solía llamarla y con el que ahora pretendía acabar el juego.

Pero la chica le apartó y dijo:

—¡Me parece que va demasiado rápido!

El joven, al ser rechazado, dijo:

—Perdone señorita —y se puso a mirar fijamente la carretera.

4

Pero el dolor de los celos abandonó a la chica tan rápido como la había atacado. Al fin y al cabo era sensata y sabía que sólo se trataba de un juego; incluso le pareció un poco ridículo haber rechazado al joven sólo por la rabia que le producían los celos; no quería que él lo notase. Por suerte las mujeres tienen una habilidad mágica para modificar *ex post* el sentido de sus actos. De modo que utilizó esta habilidad y decidió que no lo había rechazado porque le hubiera dado rabia, sino para poder continuar con un juego que, por caprichoso, era tan adecuado para el primer día de vacaciones.

De manera que volvió a ser una autoestopista que acaba de rechazar a un conductor atrevido sólo para hacer la conquista más lenta y más excitante. Se volvió hacia el joven y le dijo con voz melosa:

—¡No era mi intención ofenderle!

—Perdone, no volveré a tocarla —dijo el joven.

Estaba enfadado con la chica por no haberle hecho caso y haberse negado a volver a ser ella misma cuando tanto lo deseaba; y como la chica seguía con su máscara, el joven le traspasó su enfado a la desconocida autoestopista que ella representaba; y así descubrió de pronto el carácter de su papel: abandonó la galantería con la que había pretendido halagar indirectamente a su chica y empezó a hacer de hombre duro que al dirigirse a las mujeres pone de relieve más bien los aspectos bastos de la masculinidad: la voluntad, el sarcasmo, la confianza en sí mismo.

Este papel era contradictorio con las atenciones que habitualmente le dedicaba el joven a la chica. Es verdad que antes de conocerla se comportaba con las mujeres de un modo más bien brusco que delicado, pero nunca había llegado a parecer un hombre demoníacamente duro porque no sobresalía ni por su fuerza de voluntad ni por su falta de miramientos. Pero si nunca lo había parecido, tanto más había *deseado* en otros tiempos parecerlo. Se trata seguramente de un deseo bastante ingenuo, pero qué se le va a hacer: los deseos infantiles salvan todos los obstáculos que les pone el espíritu maduro y con frecuencia perduran más que él, hasta la última vejez. Y aquel deseo infantil aprovechó rápidamente la oportunidad de asumir el papel que se le ofrecía.

A la chica le venía muy bien el distanciamiento sarcástico del joven: la liberaba de sí misma. Ella misma era, ante todo, celos. En el momento en que dejó de ver a su lado al joven galante que trataba de seducirla y vio su cara inaccesible, sus celos se acallaron. La chica podía olvidarse de sí misma y entregarse a su papel.

¿Su papel? ¿Cuál? Era un papel de literatura barata. Una autoestopista había parado un coche, no para que la llevase, sino para seducir al hombre que iba en el coche; era una seductora experimentada que dominaba estupendamente sus encantos. La chica se compenetró con aquel estúpido personaje de novela con una facilidad que a ella misma la dejó, acto seguido, sorprendida y encantada.

Y así iban en coche y charlaban; un conductor desconocido y una autoestopista desconocida.

5

No había nada que el joven hubiera echado tanto en falta en su vida como la despreocupación. La carretera de su vida había sido diseñada con despiadada severidad: su empleo no acababa con las ocho horas de trabajo diario, invadía también el resto de su tiempo con el aburrimiento obligado de las reuniones y del estudio en casa; invadía también, a través de la atención que le prestaban sus innumerables compañeros y compañeras, el escasísimo tiempo de su vida privada, que nunca permanecía en secreto y que por lo demás se había convertido ya un par de veces en objeto de cotilleos y de debate público. Ni siquiera las dos semanas de vacaciones le brindaban una sensación de liberación y de aventura; hasta aquí llegaba la sombra gris de la severa planificación; la escasez de casas de veraneo en nuestro país le había obligado a reservar con medio año de antelación la habitación en los montes Tatra, para lo cual había necesitado una recomendación del Comité de su empresa, cuya omnipresente alma no le perdía así la pista ni por un momento.

Ya se había hecho a la idea de todo aquello pero, de vez en cuando, tenía la horrible sensación de que le obligaban a ir por una carretera en la que todos le veían y de la que no podía desviarse. Ahora mismo volvía a tener esa sensación; un extraño cortocircuito hizo que identificase la carretera imaginaria con la carretera verdadera por la que iba y eso le sugirió de pronto la idea de hacer una locura.

—¿Adónde dijo que quería ir?

—A Banska Bystrica —respondió.

—¿Y qué va a hacer allí?

—He quedado con una persona.

—¿Con quién?

—Con un señor.

El coche se aproximaba a un cruce de caminos importante; el conductor disminuyó la velocidad para poder leer las señales que indicaban la dirección; luego dobló a la derecha.

—¿Y qué pasaría si no llegase a su cita?

—Sería culpa suya y tendría que ocuparse de mí.

—Seguramente no se ha dado cuenta de que he doblado hacia Nove Zamky.

—¿De verdad? ¡Se ha vuelto loco!

—No tenga miedo, yo me ocuparé de usted —dijo el joven.

De pronto el juego había adquirido un nivel superior. El coche no sólo se alejaba de su objetivo imaginario en Banska Bystrica, sino también del objetivo real hacia el que había partido por la mañana: los Tatra y la habitación reservada. De pronto la vida de ficción atacaba a la vida sin ficción. El joven se alejaba de sí mismo y de la severa ruta de la que hasta ahora nunca se había desviado.

—¡Pero si había dicho que iba a los Pequeños Tatra! —se asombró la chica.

—Señorita, yo voy a donde quiero. Soy un hombre libre y hago lo que quiero y lo que me da la gana.

6

Cuando llegaron a Nove Zamky, empezaba a hacerse de noche.

El joven nunca había estado allí y tardó un rato en orientarse. Detuvo varias veces el coche para preguntar a los viandantes dónde estaba el hotel. Había varias calles en obras, de modo que, aunque el hotel estaba muy cerca (según afirmaban todas las personas a las que les había preguntado), el camino daba tantas vueltas y tenía tantos desvíos que tardaron casi un cuarto de hora en aparcar el coche. El hotel no tenía un aspecto muy agradable, pero era el único hotel de la ciudad y el joven ya no tenía ganas de seguir conduciendo. Así que le dijo a la chica:

—Espere —y bajó del coche.

Al bajar del coche volvió naturalmente a ser él

mismo. Y le pareció un fastidido encontrarse por la noche en un sitio completamente distinto del que había planeado; y resultaba aún más fastidioso porque nadie le había obligado y ni siquiera él mismo lo había pretendido. Se echaba en cara la locura que había cometido, pero al final acabó por restarle importancia: la habitación de los Tatra podía esperar hasta el día siguiente y no está mal celebrar el primer día de vacaciones con algo inesperado.

Atravesó el restaurante —lleno de humo, repleto, ruidoso— y preguntó por la recepción. Le indicaron que siguiese hasta la escalera, donde, tras una puerta de cristal, estaba sentada una rubia de aspecto anticuado bajo un tablero lleno de llaves: le costó trabajo obtener la llave de la única habitación libre.

La chica, al quedarse sola, también prescindió de su papel. Pero le fastidiaba encontrarse en una ciudad extraña. Estaba tan entregada al joven que no dudaba de nada de lo que él hacía y dejaba en sus manos, con toda confianza, las horas de su vida. Pero en cambio volvió a pensar que quizá, tal como ella ahora, otras mujeres con las que se encontraba en sus viajes de trabajo esperarían al joven en su coche. Pero, curiosamente, aquella imagen ahora no le produjo dolor; la chica sonrió inmediatamente al pensar lo hermoso que era que esa mujer extraña fuese ahora ella; aquella mujer extraña, irresponsable e indecente, una de aquellas de las que había tenido tantos celos; le parecía que les había ganado la mano a todas; que había descubierto el modo de apoderarse de sus armas; de darle al joven lo que hasta entonces no había sabido darle: ligereza, inmoralidad e informalidad; sintió una particular sensación de satisfacción por ser capaz de convertirse ella misma en todas las demás mujeres y de ocupar y devorar así (ella sola, la única) a su amado.

El joven abrió la puerta del coche y condujo a la

chica al restaurante. En medio del ruido, la suciedad y el humo, descubrió una única mesa libre en un rincón.

7

—Bueno ¿y ahora cómo se va a ocupar de mí?

—¿Qué aperitivo prefiere?

La chica no era muy aficionada a beber; como mucho bebía vino y le gustaba el vermouth. Pero esta vez, adrede, dijo:

—Vodka.

—Estupendo —dijo el joven—. Espero que no se me emborrache.

—¿Y si me emborrachara? —dijo la chica.

El joven no le respondió y llamó al camarero y pidió dos vodkas y, para cenar, solomillo. El camarero trajo, al cabo de un rato, una bandeja con dos vasitos y la puso sobre la mesa.

El joven levantó el vaso y dijo:

—¡A su salud!

—¿No se le ocurre un brindis más ingenioso?

Había algo en el juego de la chica que empezaba a irritar al joven; ahora, cuando estaban sentados cara a cara, comprendió que no sólo eran las *palabras* las que hacían de ella otra persona diferente, sino que estaba cambiada por entero, sus gestos y su mímica, y que se parecía con una fidelidad que llegaba a ser desagradable a ese modelo de mujer que él conocía tan bien y que le producía un ligero rechazo.

Y por eso (con el vaso en la mano levantada) modificó su brindis:

—Bien, entonces no brindaré por usted, sino por

su especie, en la que se conjuga con tanto acierto lo mejor del animal y lo peor del hombre.

—¿Cuando habla de esa especie se refiere a todas las mujeres? —preguntó la chica.

—No, me refiero sólo a las que se parecen a usted.

—De todos modos no me parece muy gracioso comparar a una mujer con un animal.

—Bueno —el joven seguía con el vaso levantado—, entonces no brindo por su especie, sino por su alma, ¿le parece bien? Por su alma que se enciende cuando desciende de la cabeza al vientre y que se apaga cuando vuelve a subir a la cabeza.

La chica levantó su vaso:

—Bien, entonces por mi alma que desciende hasta el vientre.

—Rectifico otra vez —dijo el joven—: mejor por su vientre, al cual desciende su alma.

—Por mi vientre —dijo la chica y fue como si su vientre (ahora que lo habían mencionado) respondiera a la llamada: sentía cada milímetro de su piel.

El camarero trajo el solomillo y el joven pidió más vodka con sifón (esta vez brindaron por los pechos de la chica) y la conversación continuó con un extraño tono frívolo. El joven estaba cada vez más irritado por lo bien que la chica *sabía* ser esa mujer lasciva; si lo sabe hacer tan bien, es que realmente lo *es*; está claro que no ha penetrado ningún alma extraña dentro de ella; está jugando a ser ella misma; quizá sea esa otra parte de su ser que otras veces permanece encerrada y a la que ahora, con la excusa del juego, le ha abierto la jaula; es posible que la chica crea que al jugar se está negando a sí misma, pero ¿no sucede precisamente lo contrario? ¿No es en el juego donde se convierte de verdad en sí misma? ¿No se libera al jugar? No, la que está sentada frente a él no es una mujer extraña dentro del cuerpo de su chica; es su propia chica, nadie más que ella. La miraba y sentía hacia ella un desagrado cada vez mayor.

Pero no se trataba únicamente de desagrado. Cuanto más se alejaba la chica de él *síquicamente*, más la deseaba *físicamente*; la extrañeza del alma particularizaba el cuerpo de la chica; incluso era ella la que lo convertía de verdad en cuerpo; era como si hasta entonces aquel cuerpo no hubiera existido para el joven más que en el limbo de la compasión, la ternura, los cuidados, el amor y la emoción; como si hubiese estado perdido en aquel limbo (¡sí, como si el cuerpo hubiese estado perdido!). El joven tenía la sensación de *ver* hoy por primera vez el cuerpo de la chica.

Cuando terminó de tomar el tercer vodka con soda, la chica se levantó y dijo con coquetería:

—Perdone.

El joven dijo:

—¿Puedo preguntarle adónde va, señorita?

—A mear, si no le importa —dijo la chica y se alejó por entre las mesas hacia una cortina de terciopelo.

8

Estaba contenta de haber dejado estupefacto al joven con aquella palabra que —a pesar de su inocencia— nunca le había oído decir: le parecía que nada reflejaba mejor al tipo de mujer a la que jugaba que la coquetería con la que había puesto el énfasis en la mencionada palabra; sí, estaba completamente satisfecha; aquel juego le entusiasmaba; le hacía sentir lo que nunca había sentido: por ejemplo aquella *sensación de despreocupada irresponsabilidad*.

Ella, que siempre había tenido miedo de cada paso que tenía que dar, de pronto se sentía completamente suelta. Aquella vida ajena dentro de la que se encontraba era una vida sin vergüenza, sin determinaciones biográficas, sin pasado y sin futuro, sin ataduras; era una vida excepcionalmente libre. La chica, siendo autoestopista, podía hacerlo todo: *todo le estaba permitido*; decir cualquier cosa, hacer cualquier cosa, sentir cualquier cosa.

Atravesaba la sala y se daba cuenta de que la miraban desde todas las mesas; esa también era una sensación nueva, hasta entonces desconocida: la impúdica satisfacción del propio cuerpo. Hasta ahora nunca había sido capaz de librarse por completo de aquella niña de catorce años que se avergüenza de sus pechos y que siente como una desagradable impudicia que le sobresalgan del cuerpo y sean visibles. Aunque siempre se había sentido orgullosa de ser guapa y bien hecha, aquel orgullo era inmediatamente corregido por la vergüenza: intuía correctamente que la belleza femenina funciona, ante todo, como incitación sexual y eso le desagradaba; ansiaba que su cuerpo sólo se dirigiese al hombre que amaba; cuando los hombres le miraban los pechos en la calle, le parecía que con ello arrasaban una parte de su más secreta intimidad, que sólo le pertenecía a ella y a su amante. Pero ahora era una autoestopista, una mujer sin destino; se había visto privada de las tiernas ataduras de su amor y había empezado a tomar intensa conciencia de su cuerpo; lo sentía con tanta mayor excitación cuanto más extraños eran los ojos que la observaban.

Cuando pasaba junto a la última mesa, un individuo medio borracho, deseando jactarse de ser un hombre de mundo, le dijo en francés:

—*Combien, mademoiselle?*

La chica lo entendió. Irguió el cuerpo, sintiendo cada uno de los movimientos de sus caderas; desapareció tras la cortina.

Todo aquello era un juego raro. La rareza consistía, por ejemplo, en que el joven, aunque había asumido estupendamente la función de conductor desconocido, no dejaba de ver en la autoestopista desconocida a su chica. Y eso era precisamente lo más doloroso; veía a su chica seducir a un hombre desconocido y disfrutaba del amargo privilegio de estar presente; veía de cerca el aspecto que tiene y lo que dice cuando lo engaña (cuando lo engañaba, cuando lo va a engañar); tenía el paradójico honor de ser él mismo objeto de su infidelidad.

Lo peor era que la adoraba más de lo que la amaba; siempre le había parecido que su ser sólo era *real* dentro de los límites de la fidelidad y la pureza y que más allá de esos límites simplemente no existía; que más allá de aquellos límites habría dejado de ser ella misma, tal como el agua deja de ser agua más allá del límite de la ebullición. Ahora, al verla trasponer con natural elegancia aquel horrible límite, se llenaba de rabia.

La chica volvió del servicio y se quejó:

—Uno de aquellos me dijo: *Combien, mademoiselle?*

—No se asombre —dijo el joven—, tiene usted aspecto de furcia.

—¿Sabe que no me molesta en absoluto?

—¡Debía haberse ido con ese señor!

—Ya le tengo a usted.

—Puede irse con él después. ¿Por qué no se ponen de acuerdo?

—No me gusta.

—Pero no tiene usted inconveniente en estar una misma noche con varios hombres.

—Si son guapos ¿por qué no?

—¿Los prefiere uno tras otro o al mismo tiempo?

—De las dos maneras.

La conversación era una suma de barbaridades cada vez mayores; la chica estaba un poco espantada, pero no podía protestar. También el juego encierra falta de libertad para el hombre, también el juego es una trampa para el jugador; si aquello no fuera un juego, si estuvieran sentadas frente a frente dos personas extrañas, la autoestopista se hubiera podido ofender hace tiempo y hubiera podido marcharse; pero el juego no tiene escapatoria; el equipo no puede huir del campo antes de que finalice el juego, las piezas de ajedrez no pueden escaparse del tablero, los límites del campo de juego no pueden traspasarse. La chica sabía que tenía que aceptar cualquier juego, precisamente porque era un juego. Sabía que cuanto más exagerado fuera, más sería un juego y más obediente iba a tener que ser al jugar. Y era inútil invocar la razón y advertir al alma alocada que debía mantener las distancias con respecto al juego y no tomárselo en serio. Precisamente porque se trataba sólo de un juego, el alma no tenía miedo, no se resistía y caía en él como alucinada.

El joven llamó al camarero y pagó la cuenta. Luego se levantó y le dijo a la chica:

—Podemos ir.

—¿Adónde? —fingió asombro la chica.

—No preguntes y camina —dijo el joven.

—¿Con quién se cree que está hablando?

—Con una furcia —dijo el joven.

10

Iban por una escalera mal iluminada: en el descansillo, antes del primer piso, había un grupo de

94

hombres medio borrachos delante de la puerta del retrete. El joven abrazó a la chica por la espalda, de tal modo que su mano apretaba el pecho de ella. Los hombres que estaban junto al retrete lo vieron y empezaron a dar gritos. La chica intentó soltarse pero el joven le gritó:

—¡Aguanta!

Los hombres aprobaron su actitud con zafia solidaridad y le dirigieron a la chica unas cuantas groserías. El joven llegó con la chica al primer piso y abrió la puerta de la habitación. Encendió la luz.

Era una habitación estrecha con dos camas, una mesilla, una silla y un lavabo. El joven cerró la puerta y se volvió hacia la chica. Estaba frente a él con un gesto de suficiencia y una mirada descaradamente sensual. El joven la miraba y trataba de descubrir, tras la expresión lasciva, los familiares rasgos de la chica, a los que amaba con ternura. Era como si mirase dos imágenes metidas en un mismo visor, dos imágenes puestas una encima de otra y que se trasparentasen la una a través de la otra. Aquellas dos imágenes que se trasparentaban le decían que en la chica había *de todo*, que su alma era terriblemente amorfa, que cabía en ella la fidelidad y la infidelidad, la traición y la inocencia, la coquetería y el recato; aquella mezcla brutal le parecía asquerosa como la variedad de un basurero. Las dos imágenes seguían trasparentándose la una a través de la otra y el joven pensaba en que la chica sólo se diferenciaba de las demás superficialmente, pero que en sus extensas profundidades era igual a otras mujeres, llena de todos los pensamientos, las sensaciones, los vicios posibles, dándoles así la razón a sus dudas y a sus celos secretos; que lo que parece un perfil que marca sus límites como individuo es sólo una falacia que engaña al otro, a quien la mira, a él. Le parecía que aquella chica, tal como él la quería, no era más que un producto de su deseo, de su capacidad de abstracción, de su confianza, y que la chica *real* estaba ahora ante él y era desesperadamente *extraña*, desesperadamente *ambigua*. La odiaba.

—¿Qué estás esperando? Desnúdate —dijo.

La chica inclinó con coquetería la cabeza y dijo:

—¿Para qué?

El tono con que lo dijo le resultó muy familiar, le pareció que hace ya mucho tiempo se lo había oído a otra mujer, pero ya no sabía a cuál. Tenía ganas de humillarla. No a la autoestopista, sino a su propia chica. El juego se había confundido con la vida. Jugar a humillar a la autoestopista no era más que una excusa para humillar a la chica. El joven olvidó que estaba jugando. Sencillamente odiaba a la mujer que estaba delante de él. La miró fijamente y sacó de la cartera un billete de cincuenta coronas. Se lo dio a la chica:

—¿Es suficiente?

La chica cogió las cincuenta coronas y dijo:

—No me valora demasiado.

El joven dijo:

—No vales más.

La chica se abrazó al joven:

—¡No debes portarte así conmigo! ¡Conmigo tienes que portarte de otra manera, tienes que poner algo de tu parte!

Lo abrazaba y trataba de llegar con su boca a la de él. El joven le puso los dedos en la boca y la apartó suavemente. Dijo:

—Sólo beso a las mujeres cuando las quiero.

—¿Y a mí no me quieres?

—No.

—¿Y a quién quieres?

—¿A ti qué te importa? ¡Desnúdate!

11

Nunca se había desnudado así. La timidez, el sentimiento interior de pánico, el alocamiento, todo lo que siempre había sentido al desnudarse delante del joven (cuando no la tapaba la oscuridad), todo aquello había desaparecido. Ahora estaba frente a él confiada, descarada, iluminada y sorprendida al descubrir de pronto los hasta entonces desconocidos gestos del desnudo lento y excitante. Percibía sus miradas, iba dejando a un lado, con mimo, cada una de sus prendas y saboreaba los distintos estadios de la desnudez. Pero de pronto se encontró ante él totalmente desnuda y en ese momento se dijo que el juego había terminado; que al quitarse la ropa se ha quitado también el disfraz y que ahora está desnuda, lo cual significa que ahora vuelve a ser ella misma y que el joven ahora tiene que acercarse a ella y hacer un gesto con el que lo borre todo, tras el cual sólo vendrá ya el más íntimo acto amoroso. Así que se quedó desnuda delante del joven y en ese momento dejó de jugar; estaba perpleja y en su cara apareció una sonrisa que era de verdad sólo suya: tímida y confusa.

Pero el joven no se acercó a ella y no borró el juego. No percibió la sonrisa que le era familiar; sólo veía ante sí el hermoso cuerpo extraño de su propia chica, a la que odiaba. El odio limpió su sensualidad de cualquier resto de sentimientos. Ella quiso acercarse pero él le dijo:

—Quédate donde estás, quiero verte bien.

Lo único que ahora deseaba era comportarse con ella como con una furcia de alquiler. Sólo que el joven nunca había tenido una furcia de alquiler y las únicas imágenes de que disponía al respecto provenían de la literatura y de lo que había oído contar. Se remitió por lo tanto a aquellas imágenes y lo primero que vio en ellas fue a una mujer en ropa interior negra (con medias negras) bailando sobre la reluciente tapa de un piano. En la pequeña habitación del hotel no había piano, lo único que había era una mesilla junto a la pared, pequeña, cubierta con un mantel de lino. Le ordenó a la chica que se subiera a ella. La chica hizo un gesto de súplica pero el joven dijo:

—Ya has cobrado.

Al ver en la mirada del joven su irreductible obsesión, trató de continuar con el juego, aunque ya no podía ni sabía hacerlo. Con lágrimas en los ojos se subió a la mesa. Apenas medía un metro de lado y una de las patas era un poquito más corta; la chica, de pie sobre la mesa, tenía sensación de inestabilidad.

Pero el joven estaba satisfecho con la figura desnuda que se elevaba por encima de él y cuya avergonzada inseguridad no hacía más que incrementar su autoritarismo. Deseaba ver aquel cuerpo en todas las posturas y desde todos los ángulos, del mismo modo en que se imaginaba que lo habían visto y lo verían también otros hombres. Era grosero y lascivo. Le decía palabras que ella nunca le había oído decir. La chica tenía ganas de rebelarse, de huir del juego; le llamó por su nombre pero él le gritó que no tenía derecho a tratarlo con tanta confianza. Y así por fin, confusa y llorosa, le obedeció; se inclinaba y se agachaba según los deseos del joven, saludaba y movía las caderas como si estuviera bailando un twist; en ese momento, al hacer un movimiento un poco más brusco, el mantel se deslizó bajo sus piernas y estuvo a punto de caerse. El joven la sostuvo y la arrastró a la cama.

La penetró. Ella se alegró de pensar que al menos ahora se acabaría aquel desgraciado juego y que volverían a ser ellos mismos, tal como eran, tal como se querían. Trató de unir su boca a la de él. Pero el joven se lo impidió y le repitió que sólo besaba a una mujer cuando la quería. Se echó a llorar. Pero ni siquiera del llanto pudo disfrutar, porque el furioso apasionamiento del joven iba ganándose gradualmente su cuerpo, que hizo callar a los lamentos de su alma. Pronto hubo en la cama dos cuerpos perfectamente fundidos, sensuales y ajenos. Aquello era precisamente lo que toda su vida la había espantado y lo que había tratado cuidadosamente de evitar: acostarse con alguien sin sentimientos y sin amor. Sabía que había atravesado la frontera prohibida, pero ahora, después de cruzarla, ya se movía sin protestar y con plena participación; sólo en algún rincón lejano de su conciencia se horrorizaba al comprobar que nunca había sentido tal placer y tanto placer como precisamente esta vez —más allá de aquella frontera.

12

Luego todo terminó. El joven se levantó de encima de la chica y llevó la mano al largo cable que colgaba sobre la cama; apagó la luz. No deseaba ver la cara de la chica. Sabía que el juego había terminado, pero no tenía ganas de volver a la relación habitual con ella; le daba miedo aquel regreso. Estaba ahora acostado en la oscuridad junto a ella, acostado de modo que sus cuerpos no se tocaran.

Al cabo de un rato oyó un suave gemido; la mano de la chica rozó tímida, infantilmente, la suya: la rozó, se retiró, volvió a rozarla y luego se oyó una voz suplicante, que gemía, lo llamaba por un apelativo familiar y decía:

—Yo soy yo, yo soy yo...

El joven callaba, no se movía y advertía la triste falta de contenido de la afirmación de la chica, en la que lo desconocido era definido por sí mismo, por lo desconocido.

Y la chica pasó en seguida de los gemidos a un ruidoso llanto y volvió a repetir aquella emotiva tautología incontables veces:

—Yo soy yo, yo soy yo, yo soy yo...

El joven empezó a llamar en su ayuda a la compasión (tuvo que llamarla de lejos, porque por allí cerca no se encontraba), para acallar a la chica. Todavía tenían por delante trece días de vacaciones.

Cuarta parte
Symposion

La sala de guardia

La sala de guardia de los médicos (en una sección cualquiera de un hospital cualquiera de una ciudad cualquiera) reunió a cinco personajes y entretejió su actuación y sus discursos en una insignificante, y por eso tanto más alegre, historia.

Están aquí el doctor Havel y la enfermera Alzbeta (ambos tienen ese día guardia nocturna) y están también otros médicos (los ha hecho venir hasta aquí una excusa de escasa entidad, acompañar, con un par de botellas de vino, a los dos que están de servicio): el calvo médico jefe de esa misma sección y una doctora de otra sección, de la que todo el hospital sabe que sale con el médico jefe.

(Naturalmente, el médico jefe está casado y acaba de pronunciar hace un momento su frase predilecta con la que pretende poner en evidencia, no sólo su sagacidad, sino también sus intenciones: «Estimados colegas, la mayor desgracia posible es un matrimonio feliz: no le queda a uno la menor esperanza de divorciarse».)

Además de los cuatro mencionados hay un quinto, pero ése en realidad no está aquí, ya que por ser el más joven acaba de ser enviado a por una nueva botella. Hay también una ventana, cuya importancia consiste en que está abierta y a través de ella penetran ininterrumpidamente en la habitación, desde el exterior en penumbras, el perfumado verano y la luna. Y hay, finalmente, buen humor, que se pone de manifiesto en la amable charlatanería de todos los presentes y en particular en la del médico jefe, que escucha su propia charla con oídos enamorados.

Será al avanzar la velada (y es entonces cuando comienza nuestra historia) cuando se registre cierta tensión: Alzbeta ha bebido más de lo que le corresponde a una enfermera que está de guardia y además empezó a comportarse respecto a Havel con una incitadora coquetería que a éste le desagradó y provocó su invectiva de advertencia.

La advertencia de Havel

—Querida Alzbeta, no consigo entenderla. A diario anda usted metida en heridas infectadas, pincha arrugados culos de viejecitos, pone enemas, retira bacenillas. El destino le ha otorgado una envidiable oportunidad de comprender la corporalidad humana en toda su vanidad metafísica. Pero su vitalidad es incorregible. Su encarnizada voluntad de ser cuerpo, y nada más que cuerpo, es inamovible. ¡Sus pechos son capaces de restregarse contra un hombre que esté a cinco metros de usted! Ya me da vueltas la cabeza de los eternos círculos que describe al andar su incansable trasero. ¡Diablos, aléjese de mí! ¡Esas tetas suyas están en todas partes, como Dios! ¡Hace ya diez minutos que debería haber ido a poner inyecciones!

El doctor Havel es como la muerte. Arrampla con todo

Cuando la enfermera Alzbeta (notoriamente ofendida) salió de la sala de guardia, condenada a pinchar dos culos de ancianitos, el médico jefe dijo:

—Dígame una cosa, Havel, ¿por qué rechaza usted tan encarnizadamente a Alzbeta?

El doctor Havel dio un sorbo a su vaso de vino y respondió:

—Jefe, no me lo tome a mal. No se trata de que no sea guapa y esté ya entrada en años. Créame que he tenido mujeres aún más feas y mucho mayores.

—En efecto, eso es de dominio público: es usted como la muerte; arrampla con todo, ¿por qué no acepta a Alzbeta?

—Seguramente —dijo Havel— porque manifiesta su deseo de una forma tan expresiva que parece una orden. Dice usted que con las mujeres soy como la muerte. Pero es que ni siquiera a la muerte le gusta que le den órdenes.

El mayor éxito del médico jefe

—Puede que le comprenda —respondió el médico jefe—. Cuando tenía yo algunos años menos, conocía a una chica que iba con todo el mundo y, como era guapa, decidí ligármela. Pues imagínese que me rechazó. Iba con mis colegas, con los chóferes, con el encargado de la calefacción, con el cocinero, hasta con el que llevaba los cadáveres; con todos menos conmigo. ¿Se lo puede imaginar?

—Claro que sí —dijo la doctora.

—Para que usted lo sepa —se enfadó el médico

jefe, que delante de la gente trataba a su amante de usted—, hacía entonces un par de años que había acabado la carrera y era un fenómeno. Estaba convencido de que todas las mujeres podían ser conquistadas y conseguía demostrarlo con mujeres bastante difíciles de conquistar. Y miren ustedes por donde, en el caso de esa chica, tan fácil de conquistar, fracasé.

—Conociéndole, diría que tiene usted alguna teoría para explicarlo —dijo el doctor Havel.

—La tengo —respondió el médico jefe—. El erotismo no es sólo un deseo del cuerpo, sino también, en la misma medida, un deseo del honor. La pareja que hemos logrado, la persona a la que le importamos y que nos ama, es nuestro espejo, la medida de lo que somos y lo que significamos. En el erotismo buscamos la imagen de nuestro propio significado e importancia. Sólo que para mi putita la cosa estaba complicada. Ella iba con cualquiera, así que había tantos espejos que la imagen que reflejaba era completamente confusa y ambigua. Y además, cuando uno va con cualquiera, deja de creer que una cosa tan corriente como hacer el amor pueda tener para él un verdadero significado. Así que se busca la significación precisamente en el lado opuesto. El único que podía darle a aquella putita la medida clara de su valor humano era el que la deseaba pero al que ella misma rechazaba. Y como naturalmente quería confirmarse ante sí misma como la más hermosa y la mejor, eligió con gran precisión y muchas exigencias al único que iba a honrar con su rechazo. Cuando finalmente optó por mí, comprendí que era un extraordinario honor y hasta hoy lo considero mi mayor éxito erótico.

—Tiene usted una envidiable habilidad para transformar el agua en vino —dijo la doctora.

—¿Le ha molestado que no la considerase a usted mi mayor éxito? —dijo el médico jefe—. Entiéndame. Aunque usted sea una mujer virtuosa, no soy para usted (y no sabe cuánto lo lamento) ni el primero ni el último, en cambio para aquella putita sí lo fui. Pueden ustedes creer que nunca me ha olvidado y que hasta el día de hoy sigue recordando con nostalgia que me rechazó. De todos modos esta historia la conté sólo como analogía al rechazo de Alzbeta por Havel.

Elogio de la libertad

—¡Por Dios, jefe —gimió Havel—, no pretenderá decir que busco en Alzbeta la imagen de mi significado humano!

—Por supuesto que no —dijo la doctora en plan sarcástico—. Ya hemos oído su explicación de que la actitud provocativa de Alzbeta le produce la impresión de que le estuvieran dando una orden y que quiere conservar la ilusión de que a las mujeres las elige usted.

—Sabe una cosa, doctora, ya que hablamos de eso, no es exactamente así —reflexionó Havel—. Cuando dije que me molestaba que Alzbeta me provocase no fue más que un intento de frase ingeniosa. En realidad he aceptado a mujeres mucho más provocativas que ella y sus provocaciones me venían muy bien porque aceleraban agradablemente el desarrollo de los acontecimientos.

—Entonces ¿por qué diablos no acepta a Alzbeta? —gritó el médico jefe.

—Jefe, su pregunta no es tan estúpida como pensé en un primer momento, porque veo que en realidad es difícil de responder. Si he de ser sincero, no sé por qué no acepto a Alzbeta. He aceptado a mujeres mucho más horrendas, más viejas y más provocativas. De ello se deduce que debería necesariamente aceptarla a ella. Cualquier experto en estadísticas llegaría a esa conclusión. Todos los ordenadores lo determinarían así. Y ya lo ven, quizás es precisamente por eso por lo que no la acepto. Puede que haya pretendido resistirme a la necesidad. Ponerle una zancadilla a la causalidad. Reventar la calculabilidad de la marcha del mundo mediante el capricho de la arbitrariedad.

—¿Y por qué tuvo que elegir precisamente a Alzbeta? —gritó el médico jefe.

—Precisamente porque no había ningún motivo. Si hubiera algún motivo, podría encontrarse de antemano y mi actitud podría determinarse de antemano. Precisamente en esa falta de motivo consiste esa pequeña parcelita de libertad que nos es dada y que tenemos que tratar encarnizadamente de atrapar para que en este mundo de férreas leyes quede un poco de desorden humano. Queridos colegas, viva la libertad —dijo Havel y levantó con tristeza el vaso para brindar.

Hasta dónde llega la responsabilidad del hombre

En este momento apareció en la habitación una nueva botella que atrajo toda la atención de los médicos presentes. El alto y encantador joven que la tenía en su mano junto a la puerta era el médico Flajsman, que estaba de prácticas en esa sección. La apoyó (con lentitud) sobre la mesa, buscó (durante mucho tiempo) el sacacorchos, después lo colocó (pausadamente) sobre el cuello de la botella y lo introdujo (poco a poco) en el corcho que a continuación (pensativamente) extrajo. Todos estos paréntesis ponen de manifiesto la lentitud de Flajsman que, sin embargo, más que de torpeza era síntoma de la parsimoniosa autosatisfacción con la que el joven médico observaba calculadoramente su propio interior, sin prestar atención a los insignificantes detalles del mundo que le rodeaba.

El doctor Havel afirmó:

—Todo lo que hemos estado diciendo eran tonterías. No soy yo el que rechaza a Alzbeta, es Alzbeta la que me rechaza a mí. Por desgracia. Se ve que está loca por Flajsman.

—¿Por mí?

Flajsman levantó la vista de la botella, después devolvió, dando grandes zancadas, el sacacorchos a su sitio, regresó a la mesa y sirvió el vino.

—Eso sí que es bueno —dijo el médico jefe sumándose a Havel—. Lo sabe todo el mundo menos usted. Desde que apareció usted en nuestra sección, no hay quien la aguante. Hace ya dos meses.

Flajsman miró (largamente) al médico jefe y dijo:

—De verdad que no sé nada de eso —y luego añadió—: Ni me importa.

—¿Y qué hay de todas sus frases delicadas? ¿Qué hay de todas esas chorradas suyas sobre el respeto por las mujeres? —dijo Havel fingiendo gran severidad—. Hace usted sufrir a Alzbeta y no le importa.

—Las mujeres me dan lástima y nunca podría hacerles daño a sabiendas —dijo Flajsman—. Pero no me interesa lo que pueda hacer inintencionadamente, porque eso está fuera de mi campo de influencia y, por lo tanto, fuera de mi responsabilidad.

Después, entró en la habitación Alzbeta. Al parecer había llegado a la conclusión de que lo mejor era olvidar la ofensa y comportarse como si nada hubiera ocurrido: por eso se comportaba con una excepcional falta de naturalidad. El médico jefe le puso una silla y le sirvió un vaso de vino:

—Beba, Alzbeta y olvide todas las ofensas.

—Claro —Alzbeta le dedicó una gran sonrisa y se bebió el vino.

Y el médico jefe volvió a dirigirse a Flajsman para divertir a sus colegas.

—Si las personas sólo fueran responsables de lo que hacen conscientemente, los idiotas estarían de antemano libres de cualquier culpa. Lo que pasa, querido Flajsman, es que las personas tienen la obligación de saber. Las personas son responsables de su ignorancia. La ignorancia es culpable. Y por eso no hay nada que le libre a usted de sus culpas y yo afirmo que es usted, con respecto a las mujeres, un guarro, aunque usted lo niegue.

Elogio del amor platónico

—¿Qué, ya le consiguió a la señorita Klara ese piso que le había prometido? —atacó Havel a Flajsman, recordándole sus vanos intentos por conquistar a cierta chica (que todos los presentes conocían).

—No lo conseguí, pero lo conseguiré.

—Da la casualidad de que Flajsman se porta con las mujeres como un caballero. El colega Flajsman no les toma el pelo a las mujeres —dijo la doctora en defensa del joven médico.

—No soporto la violencia contra las mujeres porque siento lástima por ellas —repitió el médico.

—Pero Klara no traga —le dijo Alzbeta a Flajsman y se echó a reír muy inoportunamente, de modo que el médico jefe se vio obligado a hacer otra vez uso de la palabra:

—Que trague o que no trague, Alzbeta, no es ni mucho menos tan importante como usted cree. Como es sabido, cuando Abelardo fue castrado, Eloisa y él siguieron siendo fieles amantes y su amor es inmortal. George Sand vivió siete años con Chopin intacta como la Virgen, ¡y no pretenderá usted compararse con aquel amor! Y no quisiera, en relación con tan elevados personajes, citar el caso de aquella putita que me concedió el mayor honor al rechazarme. Tome buena nota, mi querida Alzbeta, de que el amor tiene una relación mucho menos estrecha de lo que la gente cree con eso en lo que usted piensa permanentemente. ¡No dudará usted de que Klara ama a Flajsman! Es amable con él, pero no traga. A usted eso le parece ilógico, pero el amor es precisamente aquello que es ilógico.

—¿Qué tiene de ilógico? —volvió a reírse inoportunamente Alzbeta—: Klara quiere un piso. Por eso es amable con Flajsman. Pero no quiere acostarse con él, porque seguramente se acuesta con otro. Pero ése no puede conseguirle el piso.

En ese momento Flajsman levantó la vista y dijo:

—¡Qué insoportable! Ni que estuviera en plena pubertad. ¿Y si no lo hace porque le da vergüenza? ¿No se le ha ocurrido pensarlo? ¿Y si tiene alguna enfermedad que no quiere confesarme? ¿Una cicatriz de alguna operación que la afea? Las mujeres pueden ser muy vergonzosas. Pero eso usted, Alzbeta, no puede entenderlo.

—También puede ser —el médico jefe le echó una mano a Flajsman— que, al ver a Flajsman, Klara se quede tan petrificada por la angustia que le produce el amor que sea incapaz de acostarse con él. ¿Es usted capaz de imaginarse, Alzbeta, amando tanto a alguien que precisamente por eso no fuese capaz de acostarse con él?

Alzbeta declaró que no.

Una señal

A estas alturas podemos dejar por un momento de seguir la conversación (que continúa ininterrumpidamente con las mismas naderías) y referirnos a que durante todo ese tiempo Flajsman trataba de mirar a los ojos a la doctora, porque le gustaba perdidamente desde el momento en que (hacía cosa de un mes) la vio por primera vez. Estaba deslumbrado por la majestuosidad de sus treinta años. Hasta entonces sólo la conocía de pasada y la de hoy era su primera oportunidad de pasar un poco más de tiempo con ella en una misma habitación. Le parecía que ella le devolvía a veces sus miradas y aquello lo excitaba.

Después de una de aquellas miradas recíprocas la doctora se levantó repentinamente, se acercó a la ventana y dijo:

—Fuera está precioso. Hay luna llena… —y volvió a echarle a Flajsman una breve mirada.

Flajsman no carecía de sentido para situaciones como ésa y de inmediato comprendió que se trataba de una señal —de una señal que iba dirigida a él. En ese momento sintió que el pecho se le ensanchaba. Y es que su pecho era un instrumento digno del taller de Stradivarius. Solía sentir en él de vez en cuando el elevado ensanchamiento que acabamos de mencionar y cada vez que eso le ocurría tenía la seguridad de que aquel ensanchamiento era irreversible como una profecía, que anuncia la llegada de algo grande e inédito, superando sus mejores sueños.

Esta vez el ensanchamiento le dejó, por una parte, extasiado y, por otra (en aquel rincón de la mente al que el éxtasis ya no llegaba), asombrado: ¿cómo es posible que su deseo tenga tanta fuerza que a su llamada la realidad venga corriendo humildemente, preparada para acontecer? Asombrado de su fuerza, aguardaba el momento en que la conversación se hiciese más apasionada y los participantes dejasen de fijarse en él. En cuanto se produjo, desapareció de la habitación.

Un hermoso joven con una mano sobre la otra

La sección en la que tenía lugar este simposio improvisado estaba en la planta baja de un bonito pabellón que se levantaba (al lado de otros pabellones) junto al parque del hospital. A este parque llegó ahora Flajsman. Se apoyó en el alto tronco de un platanero, encendió un cigarrillo y miró hacia el cielo: era una noche de verano, los aromas flotaban en el aire y del cielo negro colgaba una luna redonda.

Trató de imaginar los acontecimientos que iban a producirse: la doctora, que hace un momento le ha dado a entender que saliese, esperará a que el calvo esté más ocupado en hablar que en desconfiar de ella, y entonces probablemente dirá discretamente que una pequeña necesidad íntima la obliga a alejarse por un momento de la reunión.

¿Y qué sucederá después? Después ya no tenía intención de imaginarse nada. Su pecho que se ensanchaba le anunciaba aventuras y eso le bastaba. Creía en su felicidad, creía en su buena estrella para el amor y creía en la doctora. Disfrutando de su confianza en sí mismo (una confianza en sí mismo siempre un tanto asombrada) se entregaba placenteramente a la pasividad. Siempre se había visto a sí mismo como a un hombre atractivo, conquistado, amado, y le agradaba esperar la aventura, por así decirlo, con una mano sobre la otra. Estaba convencido de que precisamente aquella postura incitaba a las mujeres y al destino.

Quizá valdría la pena referirse en esta ocasión a

que Flajsman, con mucha frecuencia, cuando no inmediatamente (y con autocomplacencia), se *veía*, lo cual lo desdoblaba permanentemente y hacía que su soledad fuese bastante entretenida. Esta vez, por ejemplo, no sólo estaba apoyado en el platanero y fumaba, sino que al mismo tiempo se observaba a sí mismo complacido, de pie (hermoso y adolescente), apoyado contra el platanero y fumando despreocupadamente. Disfrutó durante un buen rato de esa visión hasta que por fin oyó unos pasos suaves que venían del pabellón e iban hacia él. No quiso girarse. Aspiró una bocanada más del cigarrillo, echó el humo y miró al cielo. Cuando los pasos se acercaron justo hasta donde estaba, dijo con voz tierna, convincente:

—Sabía que iba a venir.

La meada

—No era tan difícil adivinarlo —le respondió el médico jefe—, porque siempre prefiero mear en la naturaleza y no en esos desagradables aparatos civilizados. Aquí el dorado chorrillo me une con rapidez, de un modo asombroso, al barro, la hierba y la tierra. Porque, Flajsman, polvo soy y en polvo ahora, al menos en parte, me convierto. Mear en la naturaleza es una ceremonia religiosa mediante la cual le prometemos a la tierra que alguna vez regresaremos a ella por entero.

Como Flajsman seguía en silencio, el médico jefe le preguntó:

—Y usted ¿qué? ¿Salió a contemplar la luna? —y como Flajsman permanecía empecinadamente en silencio, el médico jefe dijo—: Es usted, Flajsman, un gran lunático. Y es precisamente por eso por lo que le aprecio.

Flajsman interpretó las palabras del médico jefe como una burla y, procurando serenarse, dijo casi sin abrir la boca:

—Deje en paz a la luna. Yo también vine a mear.

—Querido Flajsman —dijo el médico jefe enternecido—, esto lo interpreto como una extraordinaria manifestación de afecto hacia un jefe ya entrado en años.

Los dos estaban bajo el platanero llevando a cabo un acto que el médico jefe, con sostenido patetismo y renovadas imágenes, denominaba servicio religioso.

Un hermoso joven sarcástico

Después volvieron juntos por el largo corredor y el jefe cogió amistosamente al médico del hombro. El médico no dudaba de que el calvo celoso había descubierto la señal de la doctora y ahora se estaba burlando de él con sus manifestaciones de amistad. Claro que no podía hacer que el jefe le quitase la mano del hombro, pero eso no hacía más que acrecentar la furia que se acumulaba dentro de él. Lo único que lo consolaba era que no sólo *estaba* lleno de furia, sino que también de inmediato se *veía* en ese estado furioso y estaba contento con aquel joven que regresaba a la sala de guardia y, para sorpresa de todos, estaba de pronto totalmente cambiado: agudamente sarcástico, agresivamente gracioso, casi demoníaco.

Cuando los dos entraron realmente en la habitación, Alzbeta estaba de pie en medio de la sala, moviendo terriblemente la cintura y emitiendo como acompañamiento una especie de sonido, como si estuviese cantando a media voz. El doctor Havel bajó la mirada y la doctora, para que los dos recién llegados no se asustasen, explicó:

—Alzbeta está bailando.

—Está un poco borracha —añadió Havel.

Alzbeta no dejaba de mover las caderas y de describir círculos con el pecho alrededor de la cabeza gacha de Havel, quien permanecía sentado.

—¿Dónde aprendió ese baile tan hermoso? —preguntó el médico jefe.

Flajsman, inflado de sarcasmo, emitió una risa forzada:

—¡Jajajá! ¡Un baile hermoso! ¡Jajajá!

—Lo vi en Viena en un *striptease* —le respondió Alzbeta al médico jefe.

—Pero bueno —se escandalizó el médico jefe con ternura —¿desde cuándo van nuestras enfermeras al *striptease?*

—No creo que esté prohibido, jefe —Alzbeta trazó con el pecho un círculo a su alrededor.

La bilis ascendía continuamente por el cuerpo de Flajsman y trataba de salirle por la boca. Por eso dijo Flajsman:

—Lo que usted necesita es bromuro y no *striptease*. ¡Es como para temer que nos viole!

—Usted no tiene nada que temer. Los niñatos no me van —Alzbeta le dio un corte y siguió moviendo los pechos alrededor de Havel.

—¿Y le gustó el *striptease?* —siguió preguntándole paternalmente el médico jefe.

—Me gustó —respondió Alzbeta—; había una sueca con unos pechos enormes, pero yo tengo unos pechos más bonitos (al decir esto se acarició los pechos) y había también una chica que hacía como si se bañara en un montón de espuma dentro de una bañera de papel, y había una mulata y ésa se masturbaba delante de todo el público, eso era lo mejor de todo…

—Jajá —dijo Flajsman, en la cúspide del sarcasmo diabólico—, ¡la masturbación es justamente lo que le va a usted!

Una pena en forma de trasero

Alzbeta seguía bailando, pero su público era probablemente mucho peor que el público del *striptease* de Viena: Havel tenía la cabeza gacha, la doctora miraba con gesto burlón, Flajsman con rechazo y el médico jefe con paternal comprensión. Y el trasero de Alzbeta, cubierto por la tela blanca de la bata de enfermera, daba vueltas mientras tanto por la habitación como un hermoso y redondo sol, pero era un sol apagado y muerto (envuelto en un sudario blanco), un sol condenado por las miradas indiferentes y desconcertadas de los médicos presentes a una penosa inutilidad.

Hubo un momento en que pareció que Alzbeta iba a empezar a quitarse de verdad la ropa, así que el médico jefe dijo con voz angustiada:

—¡Pero, Alzbeta, no pretenderá hacernos aquí una demostración de lo que vio en Viena!

—¡No tema, jefe! ¡Al menos verá lo que es una mujer desnuda, una mujer de verdad! —exclamó Alzbeta y después se giró nuevamente hacia Havel, amenazándolo con los pechos—: ¿Qué te pasa? ¡Ni que estuvieras en un entierro! ¡Levanta esa cabeza! ¿Es que se te ha muerto alguien? ¿Se te ha muerto alguien? ¡Mírame! ¡No ves que estoy viva! ¡No me estoy muriendo! ¡Yo todavía sigo viva! ¡Yo estoy viva! —y cuando decía esto su trasero ya no era un trasero, sino la pena misma, una pena maravillosamente torneada, bailando por la habitación.

—Sería mejor que parase, Alzbeta —dijo Havel mirando hacia al suelo.

—¿Parar? —dijo Alzbeta— ¡Si estoy bailando para ti! ¡Y ahora te voy a hacer un *striptease*! ¡Un gran *striptease*! —y se desató el delantal de la espalda y lo lanzó con un gesto de baile sobre el escritorio.

El médico jefe volvió a hacerse oír con voz temerosa:

—Querida Alzbeta, sería precioso que nos hiciera un *striptease*, pero en otra parte. Ya sabe que éste es un lugar de trabajo.

El gran striptease

—¡Señor médico jefe, yo sé lo que puedo hacer! —respondió Alzbeta.

Ahora tenía puesto su uniforme azul pálido de cuello blanco y no cesaba de contonearse.

Después se llevó las manos a la cintura y fue deslizándolas a lo largo del cuerpo hasta elevarlas por encima de la cabeza; luego pasó la mano derecha hacia arriba por el brazo izquierdo, que permanecía levantado, y luego la mano izquierda por el brazo derecho, haciendo entonces con ambas manos un movimiento elegante en dirección a Flajsman, como si le lanzase la blusa. Flajsman se asustó y dio un salto.

—Niñato, se te ha caído al suelo —le gritó.

Después volvió a llevarse las manos a la cintura y esta vez las deslizó hacia abajo, a lo largo de las piernas; cuando estaba ya completamente agachada, levantó primero la pierna derecha y después la izquierda; después miró al médico jefe e hizo un movimiento brusco con el brazo derecho, como si le lanzase una falda imaginaria. El médico jefe estiró en ese momento el brazo, extendiendo los dedos y cerrando inmediatamente el puño. Luego apoyó esa mano sobre la rodilla y con la otra mano le envió un beso a Alzbeta.

Tras contonearse y bailar un rato más, Alzbeta se puso de puntillas, dobló los brazos y se llevó las manos a la espalda; después volvió a llevar con movimientos rítmicos las manos hacia delante e hizo nuevamente un suave gesto con el brazo, esta vez en

119

dirección a Havel, el cual movió también imperceptiblemente la mano, sin saber a qué atenerse.

Entonces Alzbeta se irguió y empezó a pasear con un gesto altivo por la habitación; se detuvo junto a cada uno de sus cuatro espectadores, elevando ante cada uno de ellos la simbólica desnudez de sus pechos. Finalmente se detuvo frente a Havel, volvió a mover las caderas e, inclinándose levemente, deslizó las manos por los costados hacia abajo y una vez más (como hacía un momento) levantó primero una pierna y después la otra y entonces se incorporó triunfante, alzando la mano derecha como si sostuviera con el pulgar y el índice unas bragas invisibles. Con aquella mano volvió a hacer un lento movimiento en dirección a Havel.

Después, erguida en toda la magnificencia de su ficticia desnudez, ya no miraba a nadie, ni siquiera a Havel, observando hacia abajo, con los ojos entreabiertos y la cabeza ladeada, su propio cuerpo que se contoneaba.

Entonces, de pronto, su orgullosa postura se quebró y Alzbeta se sentó en las rodillas del doctor Havel; bostezando, le dijo:

—Estoy cansada —alargó el brazo hacia el vaso de Havel y dio un trago.

—Doctor —le dijo a Havel—, ¿tienes algún estimulante? ¡Yo no pienso dormir!

—Siendo para usted, lo que haga falta —dijo Havel, levantó a Alzbeta de sus rodillas, la sentó en una silla y fue hacia el botiquín. Encontró un somnífero poderoso y le dio dos pastillas a Alzbeta.

—¿Esto me despertará? —le preguntó.

—Como que me llamo Havel —dijo Havel.

Las palabras de despedida de Alzbeta

Después de tomarse las dos pastillas, Alzbeta intentó volver a sentarse en las rodillas de Havel, pero Havel separó las piernas y Alzbeta cayó al suelo.

A Havel le dio lástima, en ese mismo momento, lo que había hecho, porque en realidad no tenía la menor intención de dejar caer a Alzbeta de aquella forma humillante, y si había separado las piernas había sido más bien por un movimiento involuntario debido al desagrado que le producía tocar con sus piernas el trasero de Alzbeta.

Así que trató de levantarla, pero Alzbeta permanecía, con dolida terquedad, aferrada con todo su peso al suelo.

En ese momento Flajsman se incorporó y le dijo:

—Está borracha y debería ir a dormir.

Alzbeta lo miró desde el suelo con inmenso desprecio y (saboreando el patetismo masoquista de su ser-en-la-tierra) le dijo:

—Salvaje. Estúpido —y una vez más—: Estúpido.

Havel volvió a tratar de levantarla, pero ella se le zafó con rabia y empezó a lloriquear. Nadie sabía qué decir, de modo que los lloriqueos resonaban en la habitación silenciosa como un violín solista. Al cabo de un rato a la doctora se le ocurrió empezar a silbar suavemente. Alzbeta se levantó bruscamente, se dirigió hacia la puerta y, en el momento en que cogió el pestillo, se volvió hacia la habitación y dijo:

—Salvajes. Salvajes. Si supieran. No saben nada. No saben nada.

Cuando ella salió, se produjo un silencio que el médico jefe fue el primero en romper:

—Ya ve, Flajsman. Dice que le dan lástima las mujeres. Pero si le dan lástima, ¿por qué no le da lástima Alzbeta?

—¿Yo qué tengo que ver con ella? —se defendió Flajsman.

—No se haga el que no sabe. Ya se lo dijimos hace un momento. Está loca por usted.

—¿Y yo tengo la culpa? —preguntó Flajsman.

—No la tiene —dijo el médico jefe—, pero tiene la culpa de ser brusco con ella y de hacerla sufrir. Durante toda la noche lo único que le importaba era lo que usted hacía, si usted la miraba, si le sonreía, si le decía algo bonito. Y recuerde lo que usted le ha dicho.

—No le dije nada que fuera tan terrible —se defendió Flajsman, pero su voz sonaba notablemente insegura.

—¿Nada que fuera tan terrible? —rió el médico jefe—: Se burló usted de su forma de bailar, aunque bailaba sólo para usted, le aconsejó que tomara bromuro, le dijo que lo único que le iba a ella era la masturbación. ¡Nada que fuera tan terrible! Cuando estaba haciendo *striptease* dejó caer su falda.

—¿Qué falda? —se defendió Flajsman.

—La falda —dijo el médico jefe—. Y no se haga el estúpido. Al final la mandó a dormir, a pesar de que un momento antes se había tomado una pastilla contra el cansancio.

—Pero si perseguía a Havel y no a mí —seguía defendiéndose Flajsman.

—Déjese de comedias —dijo el médico jefe con severidad—. ¿Qué podía hacer si usted no le hacía caso? Le provocaba. Y lo único que quería era que usted tuviera un poco de celos. Vaya caballerosidad la suya.

—No lo haga sufrir más, jefe —dijo la doctora—. Es cruel, pero en cambio es joven.

—Es un ángel castigador —dijo Havel.

Papeles mitológicos

—Sí, es verdad —dijo la doctora—, fíjense en él: un arcángel hermoso, malvado.

—Somos un grupo mitológico —comentó adormilado el médico jefe—, porque tú eres Diana. Frígida, deportiva, maligna.

—Y usted es un sátiro. Envejecido, lascivo, charlatán —dijo a su vez la doctora—. Y Havel es Don Juan. No es viejo, pero está envejeciendo.

—Qué va. Havel es la muerte —reiteró el médico jefe su antigua tesis.

El fin de los donjuanes

—Si me corresponde a mí decidir si soy Don Juan o la muerte, debo inclinarme, aunque a disgusto, por la opinión del jefe —dijo Havel y dio un buen trago—. Don Juan era un conquistador. Un conquistador con mayúsculas. El Gran Conquistador. Pero, por favor, ¿cómo puede uno pretender ser conquistador en un territorio en el que nadie se resiste, donde todo es posible y todo está permitido? La era de los donjuanes ha terminado. El descendiente actual de Don Juan ya no *conquista*, sólo colecciona. El personaje del Gran Conquistador ha sido reemplazado por el del Gran Coleccionista, pero el Coleccionista ya no es, en absoluto, Don Juan. Don Juan fue un personaje de tragedia. Cargaba con una culpa. Pecaba alegremente y se reía de Dios. Era un blasfemo y acabó en el infierno.

»Don Juan llevaba sobre sus espaldas una carga que el Gran Coleccionista ni siquiera puede imaginar, porque en su mundo toda carga ha perdido su peso. Las rocas se han convertido en plumas. En el mundo del Conquistador una mirada tenía el mismo peso que en el imperio del Coleccionista tienen diez años del más intenso amor físico.

»Don Juan era un señor, mientras que el Coleccionista es un esclavo. Don Juan transgredía alegremente las conversaciones y las leyes. El Gran Coleccionista no hace más que cumplir, con el sudor de su frente, las convenciones y la ley, porque el coleccionismo se ha convertido en algo de buena educación, en algo bien visto y casi en una obligación. Si soy culpable de algo, es de no aceptar a Alzbeta.

»El Gran Coleccionista no tiene nada en común con la tragedia ni con el drama. El erotismo, que solía servir de señuelo a las catástrofes, se ha convertido gracias a él en algo similar a los desayunos y las cenas, a la filatelia, al ping-pong, cuando no a viajar en tranvía o a salir de compras. El lo ha introducido en el ciclo de lo cotidiano. Lo ha convertido en la tramoya y las tablas de una escena sobre la cual el verdadero drama aún debe hacer su aparición. Cuidado, amigo —exclamó patéticamente Havel—, mis amores (si es que puedo llamarlos así) son el suelo de un escenario sobre el cual no se representa obra alguna.

»Querida doctora y querido jefe. Ustedes han planteado la contradicción entre Don Juan y la muerte. De ese modo, por pura casualidad, por descuido, han llegado a la esencia de la cuestión. Miren. Don Juan lucha contra lo imposible. Y eso es precisamente muy humano. En cambio, en el imperio del Gran Coleccionista, no hay nada imposible, porque es el imperio de la muerte. El Gran Coleccionista es la muerte que ha venido a buscar la tragedia, el drama, el amor. La muerte que ha venido a buscar a Don Juan. En el fuego infernal al que lo envió el Comendador, Don Juan está vivo. Pero, en el mundo del Gran Coleccionista, donde las pasiones y los sentimientos flotan por el aire como plumas, en ese mundo está muerto para siempre.

»Qué va, querida doctora —dijo Havel con tristeza—, ¿qué tendré que ver yo con Don Juan? ¿Qué no daría yo por ver al Comendador y sentir en el alma el terrible peso de su maldición y sentir dentro de mí crecer la grandeza de la tragedia? Qué va, doctora, yo soy en el mejor de los casos un personaje de comedia, y ni siquiera eso es por mérito propio, sino por mérito de Don Juan precisamente, porque sólo con su trágica alegría como telón histórico de fondo es posible percibir, más o menos, la cómica tristeza de mi existencia de mujeriego, que sin este punto de comparación no sería más que gris trivialidad y aburrido telón de fondo.

Nuevas señales

Havel, fatigado por el largo discurso (durante el cual el médico jefe cabeceó de sueño en dos oportunidades), se quedó callado. Tras dejar pasar un segundo, que estuvo cargado de emoción, habló la doctora:

—No sospechaba, doctor, que supiese hablar con tanta hilación. Se ha descrito usted mismo como un personaje de comedia, como una existencia gris, un aburrimiento y un cero a la izquierda. Por desgracia el modo en que ha hablado ha sido excesivamente refinado. Esa es su maldita astucia: decir que es un mendigo, pero hacerlo con palabras tan majestuosas como para parecer más bien un rey que un mendigo. Es usted un tramposo, Havel. Orgulloso incluso en los momentos en los que se denigra a sí mismo. Es usted un tramposo descarado.

Flajsman se echó a reír, porque para satisfacción suya creyó encontrar en las palabras de la doctora desprecio por Havel. Estimulado por las burlas de la doctora y por su propia risa, se acercó a la ventana y dijo significativamente:

—¡Qué noche!

—Sí —dijo la doctora—, una noche preciosa. ¡Y Havel quiere hacerse pasar por la muerte! ¿Se ha fijado acaso, Havel, en lo hermosa que está la noche?

—De ninguna manera —dijo Flajsman—, a Havel le da lo mismo una mujer que otra, una noche que otra, le da lo mismo el invierno que el verano. El doctor Havel se niega a hacer distinciones entre detalles de segundo orden.

—Ha dado en el blanco —dijo Havel.

Flajsman llegó a la conclusión de que esta vez su encuentro con la doctora iba a salir bien: el médico jefe ya había bebido mucho y parecía que el sueño, que le había atacado en los últimos minutos, le había hecho bajar considerablemente la guardia; por eso, procurando pasar desapercibido, dijo:

—¡Uy, mi vejiga! —y, echándole una mirada a la doctora, salió de la habitación.

Gas

Mientras recorría el pasillo recordaba con satisfacción la forma en que la doctora había estado toda

126

la noche burlándose de los dos hombres, del médico jefe y de Havel, al cual, muy apropiadamente, acababa de llamar tramposo, y estaba asombrado viendo cómo se repetía una vez más lo que siempre le asombraba precisamente por la regularidad con que se repetía: gusta a las mujeres, le dan preferencia ante hombres más experimentados que él, lo cual, en el caso de la doctora, que es evidentemente una mujer excepcionalmente exigente, inteligente y un poco (agradablemente) engreída, es un gran éxito, nuevo e inesperado.

Con semejante estado de ánimo atravesaba Flajsman el largo corredor en dirección a la salida. Cuando ya estaba casi a la altura de la puerta de salida que conducía al jardín, sintió de pronto un olor a gas. Se detuvo a investigar de dónde provenía. El olor era más intenso en las proximidades de la puerta que conducía a la habitación de las enfermeras. Flajsman se dio cuenta, de pronto, de que estaba muy asustado.

Lo primero que se le ocurrió fue correr a toda velocidad en sentido contrario y llamar al médico jefe y a Havel, pero finalmente tomó la decisión de intentar abrir él mismo la puerta (quizá porque supuso que estaría cerrada con llave o incluso atrancada). Pero para su asombro la puerta se abrió. En la habitación estaba encendida una gran lámpara de techo que iluminaba un gran cuerpo desnudo de mujer tendido en el sofá. Flajsman echó una mirada a la habitación y se lanzó hacia la cocinilla. Cerró la llave del gas, que estaba abierta. Después corrió hacia la ventana y la abrió de par en par.

Nota entre paréntesis

(Es posible afirmar que Flajsman actuó con rapidez y bastante presencia de ánimo. Sin embargo hubo una cosa que no fue capaz de registrar con frialdad. Se pasó todo un segundo mirando con asombro el cuerpo desnudo de Alzbeta, pero el susto le llenaba hasta tal punto que no fue capaz de ver a través de aquel velo lo que ahora nosotros, desde una perspectiva conveniente, podemos saborear plenamente:

Aquel cuerpo era maravilloso. Yacía boca arriba, con la cabeza ligeramente inclinada hacia un costado y con un hombro igualmente inclinado hacia el otro, de modo que los dos hermosos pechos se apretaban uno contra otro y sus formas destacaban plenamente. Una de las piernas de Alzbeta estaba estirada y la otra levemente doblada en la rodilla, de modo que podía apreciarse tanto la estupenda rotundidad de los muslos como el color negro extraordinariamente intenso del pubis.)

Una llamada de socorro

Después de abrir de par en par la ventana y la puerta, Flajsman salió al pasillo y empezó a gritar. Todo lo que sucedió a partir de entonces se produjo con la rapidez rutinaria: la respiración artificial, la llamada telefónica al departamento de Medicina Interna, la camilla para transportar a la enfermera, el traslado al médico de guardia de Medicina Interna, otra respiración artificial, la reanimación, la transfusión de sangre y, finalmente, una profunda expiración con la cual la vida de Alzbeta demostró hallarse sin duda fuera de todo peligro.

Lo que dijo cada uno

Cuando los cuatro médicos salieron de la sección de Medicina Interna y se detuvieron en el patio, tenían cara de agotados.

El médico jefe dijo:

—La pequeña Alzbeta nos ha estropeado el symposion.

La doctora dijo:

—Las mujeres insatisfechas siempre traen mala suerte.

Havel dijo:

—Es curioso. Hizo falta que intentara suicidarse para que nos diéramos cuenta de que tiene un cuerpo tan hermoso.

Al oír esas palabras, Flajsman miró (largamente) a Havel y dijo:

—Ya no tengo ganas ni de borrachera ni de ingeniosidades. Buenas noches —y se dirigió hacia la salida del hospital.

La teoría de Flajsman

Las frases de sus colegas le parecían a Flajsman asquerosas. Veía en ellas la insensibilidad propia de la

129

gente que se está haciendo vieja, la crueldad de una edad que se elevaba ante su juventud como una barrera hostil. Por eso se alegró de haberse quedado solo y de poder ir dando un paseo para experimentar y saborear plenamente su excitación: con placentero horror se repetía una y otra vez que Alzbeta había estado a punto de morir y que el culpable de aquella muerte era él.

Sabía, por supuesto, que el suicidio no suele tener una sola causa, sino, por lo general, todo un cúmulo de motivos, pero no podía ocultarse a sí mismo que una de las causas (y probablemente la decisiva) era él mismo, debido, por una parte, al mero hecho de su existencia y, por otra, a su comportamiento del día de hoy.

Ahora se acusaba a sí mismo de un modo patético. Se llamaba egoísta orgulloso que no se fija más que en sus éxitos amorosos. Se burlaba de que hubiera sido capaz de dejarse cegar por el interés que la doctora había manifestado por él. Se echaba en cara que Alzbeta se hubiera transformado para él en una simple cosa, en un recipiente en el que había derramado su rabia porque el celoso médico jefe le había estropeado su cita nocturna. ¿Con qué derecho, con qué derecho se ha comportado así con una persona inocente?

Claro que el joven médico no era un espíritu primitivo; cada uno de sus estados de ánimo llevaba implícita la dialéctica de la aseveración y la objeción, así que también en esa ocasión al acusador interno le respondió el defensor interno: Por supuesto que los sarcasmos que le había dirigido a Alzbeta estaban fuera de lugar, pero difícilmente hubieran tenido consecuencias tan trágicas de no ser porque Alzbeta le amaba. Pero ¿qué puede hacer Flajsman si alguien se enamora de él? ¿Acaso se convierte automáticamente en responsable de sus actos?

Se detuvo en este interrogante y le pareció que era

la clave de todo el secreto de la existencia humana. Se detuvo incluso en su camino y con total seriedad se respondió: no, no tenía razón cuando intentaba convencer hoy al médico jefe de que no era responsable de lo que hacía inintencionadamente. ¿Acaso puede reducirse a sí mismo exclusivamente a lo consciente y deliberado? Lo que hace inconscientemente también forma parte de la esfera de su personalidad y ¿quién sino él iba a responder de ello? Sí, es culpable de que Alzbeta le amase; es culpable de haberlo ignorado; es culpable de no haberle dado importancia; es culpable. Ha estado a punto de matar a una persona.

La teoría del médico jefe

Mientras Flajsman se sumergía en sus reflexiones autocontemplativas, el médico jefe, Havel y la doctora volvieron a la sala de guardia y, ciertamente, ya no tenían ganas de seguir bebiendo; permanecieron un rato en silencio y luego Havel suspiró:

—¿Qué cable se le habrá cruzado a Alzbeta?

—Nada de sentimentalismos, doctor —dijo el médico jefe—. Cuando alguien hace una tontería como ésta, me niego a adoptar una postura emocional. Además, si usted no se hubiera cerrado en banda y hubiera hecho hace ya mucho tiempo lo mismo que no siente reparo alguno en hacer con todas las demás, esto no hubiera sucedido.

—Muchas gracias por haberme convertido en el causante del suicidio —dijo Havel.

—Hablemos con precisión —respondió el médico jefe—, no se trató de un suicidio, sino de una manifestación de protesta realizada mediante un suicidio, preparado de tal manera que la catástrofe no se produjera. Querido doctor, cuando alguien quiere suicidarse, lo primero que hace es cerrar la puerta con llave. Y no sólo eso, además tapona bien todas las rendijas para que la presencia del gas se note lo más tarde posible. Pero Alzbeta no trataba de conseguir la muerte, trataba de conseguirlo a usted.

»Quién sabe cuántas semanas llevaba deseando que llegase este día, porque le tocaba hacer guardia junto con usted y desde que empezó la noche se dedicó a usted sin el menor recato. Pero usted se había emperrado en no hacerle caso. Y cuanto más se emperraba, más bebía ella y más llamativos eran los medios que empleaba: no paraba de hablar, bailaba, quería hacer *striptease*.

»Ya ve, al fin y al cabo parece que todo esto tiene algo enternecedor. Como no podía atraer la atención de sus ojos ni la de sus oídos, lo apostó todo a su olfato y abrió la llave del gas. Antes de abrirla, se desnudó. Sabía que tenía un cuerpo hermoso y quería obligarle a que lo viese. Recuerde cómo decía desde la puerta: *Si ustedes supiesen. No saben nada. No saben nada*. Así que ahora ya lo sabe, Alzbeta tiene una cara horrible, pero un cuerpo hermoso. Usted mismo lo ha reconocido. Ya ve que sus cálculos no fueron tan equivocados. Es posible que ahora, por fin, se deje usted convencer.

—Puede —dijo Havel encogiéndose de hombros.

—Seguro —dijo el médico jefe.

La teoría de Havel

—Lo que usted dice, jefe, es convincente, pero comete usted un error: sobrevalora mi papel en esta historia. Aquí no se trataba de mí. No era yo el que se negaba a acostarse con Alzbeta. Con Alzbeta no quería acostarse nadie.

»Hoy, cuando me preguntó por qué no quería aceptar a Alzbeta, le dije no se qué despropósitos acerca de la belleza del libre albedrío y de que quería conservar mi libertad. Pero no eran más que frases ocurrentes para disimular la verdad, que es precisamente la contraria y no muy elogiosa para mí: rechacé a Alzbeta precisamente porque no sé ser libre. Y es que no acostarse con Alzbeta se ha puesto de moda. Nadie se acuesta con ella y, si alguien se acostase, no lo reconocería, porque todos se reirían de él. La moda es una terrible servidumbre y yo me sometí a ella como un esclavo. Y como Alzbeta es una mujer madura, aquello le tenía sorbido el seso. Y es probable que lo que más le sorbiera el seso fuera precisamente mi rechazo, porque ya se sabe que yo arramplo con todo. Pero a mí me importaba más la moda que el seso de Alzbeta.

»Y tiene usted razón, jefe: ella sabe que tiene un cuerpo hermoso y por eso estaba convencida de que toda aquella situación era un absurdo total y una injusticia y por eso protestaba. Recuerde cómo se pasó la noche haciendo permanente referencia a su cuerpo. Cuando hablaba de la sueca que hacía *striptease* en Viena, se acariciaba los pechos y decía que eran más bonitos que los de la sueca. Además recuerde que sus pechos y su trasero llenaron hoy esta habitación como si fueran una multitud de manifestantes. ¡De verdad, jefe, fue una manifestación!

»¡Y acuérdese de su *striptease*, acuérdese de cómo lo sentía! ¡Ha sido el *striptease* más triste que he visto en mi vida! Se desnudaba apasionadamente y al mismo tiempo seguía metida dentro de la odiada funda de su uniforme de enfermera. Se desnudaba y no podía desnudarse. Y a pesar de que sabía que no iba a desnudarse, se desnudaba porque quería trasmitirnos su triste e irrealizable deseo de desnudarse. Jefe, no se estaba desnudando, estaba cantando sobre su desnudez, sobre la imposibilidad de desnudarse, sobre la imposibilidad de amar, ¡sobre la imposibilidad de vivir! Pero nosotros no queríamos oírla, estábamos con la cabeza gacha, sin tomar parte.

—¡Es usted un putañero romántico! ¿Cómo puede creer que de verdad pretendía morir?— le gritó el médico jefe a Havel.

—Recuerde —dijo Havel— cuando me dijo mientras bailaba: *¡Todavía estoy viva! ¡Todavía sigo estando viva!* ¿Se acuerda? Desde que empezó a bailar, ya sabía lo que iba a hacer.

—¿Y por qué quería morir desnuda, eh? ¿Qué explicación tiene para eso?

—Quería llegar a los brazos de la muerte como se llega a los brazos de un amante. Por eso se desnudó, se peinó, se pintó...

—¡Y por eso dejó la puerta sin llave, claro! ¡No trate de convencerse de que quería morir de verdad!

—Es posible que no supiera exactamente lo que quería hacer. ¿Acaso usted sabe lo que quiere? ¿Quién de nosotros lo sabe? Quería y no quería. Quería sinceramente morir y al mismo tiempo (con la misma sinceridad) quería retener ese momento en que estaba en medio del acto que la conduciría a la muerte y sentía que aquel acto la engrandecía. Por supuesto que no deseaba que la viéramos cuando estuviese ya completamente marrón, maloliente y deformada. Quería que la viésemos en toda su gloria, partiendo en su hermoso e inmaculado cuerpo a acostarse con la muerte. Quería que, al menos en ese momento esencial, le envidiáramos a la muerte su cuerpo y lo deseáramos para nosotros.

La teoría de la doctora

—Estimados amigos —dijo la doctora, que hasta entonces había estado oyendo atentamente a los dos médicos—, en la medida en que como mujer puedo apreciarlo, los dos han hablado de un modo lógico. Sus teorías son, en sí mismas, convincentes y encierran un sorprendente conocimiento de la vida. Sólo tienen un pequeño defecto. No contienen ni un gramo de verdad. Porque Alzbeta no pretendía suicidarse. Ni de verdad ni para llamar la atención. De ninguna manera.

La doctora estuvo un momento saboreando el efecto de sus palabras y después continuó:

—Estimados amigos, se nota que tienen ustedes mala conciencia. Cuando volvimos de Medicina Interna, evitaron pasar por la habitación de Alzbeta. No querían ni verla. En cambio yo la examiné detalladamente mientras ustedes le hacían la respiración artificial a Alzbeta. Había un cazo puesto al fuego. Alzbeta se estaba haciendo un café y se quedó dormida. El agua se salió por fuera y apagó el fuego.

Los dos médicos fueron a toda prisa con la doctora hasta la habitación de Alzbeta y, en efecto, encima de la cocinilla había un cacito en el que hasta quedaba un poco de agua.

—Pero entonces, ¿por qué estaba desnuda? —se asombró el médico jefe.

—Fíjense —la doctora señaló hacia tres de los ángulos de la habitación: en el suelo, bajo la ventana, yacía el vestido azul pálido, de un pequeño armario con medicinas colgaba un sostén y en la esquina opuesta, en el suelo, había unas bragas blancas—, Alzbeta lanzó cada una de sus prendas hacia un lado distinto, lo cual demuestra que quiso hacer, aunque fuese para sí misma, el *striptease* que usted, el cauto médico jefe, le impidió realizar.

»Al desnudarse, probablemente se sintió cansada. Eso no le venía bien, porque no había renunciado en absoluto a sus planes para esta noche. Sabía que todos nosotros nos iríamos y que Havel se quedaría solo. Ese fue el motivo de que pidiera un estimulante. De modo que se propuso hacerse un café y puso un cazo con agua a calentar. Después volvió a ver su cuerpo y eso la excitó. Estimados señores, Alzbeta tenía con respecto a ustedes una ventaja. Al mirarse no veía su propia cabeza. Así que era absolutamente hermosa. Se excitó y se tendió en la cama. Pero seguramente el sueño llegó antes que el placer.

—Seguro —se acordó Havel—, ¡si yo le di pastillas para dormir!

—Eso sí que es de su estilo —dijo la doctora—. ¿Todavía le queda alguna duda?

—Sí —dijo Havel—. Recuerde lo que decía: *¡Aún no me he muerto! ¡Todavía estoy viva! ¡Todavía sigo estando viva!* Y sus últimas palabras: las dijo con un patetismo como si fueran sus palabras de despedida: *Si ustedes supiesen. No saben nada. No saben nada.*

—Pero, Havel —dijo la doctora—, no sabe que el noventa y nueve por ciento de lo que la gente dice son chorradas. ¿O es que usted mismo no habla la mayoría de las veces sólo por hablar?

Los médicos se quedaron un rato más de charla y después salieron los tres del pabellón; el médico jefe y la doctora le dieron la mano a Havel y se marcharon.

Los perfumes flotaban en el aire de la noche

Flajsman llegó por fin a la calle de un barrio de las afueras en la que vivía con su familia en una casa con jardín. Abrió la verja pero no llegó hasta la puerta de la casa sino que se sentó en un banco sobre el cual se abrían las rosas que su mamá cuidaba con esmero.

En la noche de verano flotaban los perfumes de las flores y palabras como «culpable», «egoísmo», «amado» y «muerte» subían por el pecho de Flajsman y lo llenaban de un elevado sentimiento de placer, de modo que sentía como si le hubieran crecido alas en la espalda.

En medio de aquella avalancha de melancólica felicidad se dio cuenta de que era amado como nunca lo había sido hasta entonces. Claro, algunas mujeres ya le habían manifestado su aprecio, pero ahora tiene que ser gélidamente veraz consigo mismo: ¿siempre había sido amor? ¿No se había hecho a veces excesivas ilusiones? ¿No había exagerado las cosas? Por ejemplo Klara, ¿acaso lo suyo no tenía más de conveniencia que de enamoramiento? ¿No le importaba más el piso que le estaba buscando que él mismo? A la luz de la actitud de Alzbeta, todo palidecía.

En el aire flotaban las palabras altisonantes y Flajsman pensaba en que lo único que puede dar la medida del amor es la muerte. Al final del verdadero amor está la muerte y sólo un amor que termina en muerte es amor.

En el aire flotaban los perfumes y Flajsman se hacía una pregunta: ¿lo amará alguna vez alguien tanto como esa mujer carente de belleza? ¿Pero qué es la belleza o la falta de belleza en comparación con el amor? ¿Qué es la fealdad del rostro en comparación con un sentimiento en cuya grandeza se refleja lo absoluto?

(¿Lo absoluto? Sí. Era un muchacho que acababa de ser arrojado al mundo de la madurez, lleno de inseguridades. Cualquiera que fuera el ímpetu que ponía en perseguir a las chicas, buscaba ante todo un regazo consolador, infinito e inmenso, que lo salvase de la endiablada relatividad del mundo que acababa de descubrir.)

El regreso de la doctora

Hacía ya un rato que el doctor Havel estaba tumbado en la cama, cubierto con una delgada manta de lana, cuando oyó unos golpes en la ventana. A la luz de la luna vio la cara de la doctora y preguntó:

—¿Qué pasa?

—¡Déjeme pasar! —dijo la doctora y se dirigió apresuradamente hacia la puerta del edificio.

Havel se abrochó los botones desabrochados de la camisa y salió de la habitación suspirando.

En cuanto abrió la puerta del pabellón, la doctora entró sin dar demasiadas explicaciones y hasta que no se sentó en un sillón de la sala de guardia, frente a Havel, no empezó a explicar que ni siquiera había podido llegar hasta su casa; es ahora cuando se da cuenta, dijo, de lo excitada que está; le hubiera sido imposible dormir y le ruega a Havel que le dé un poco más de conversación para calmarla.

Havel no se creyó ni una palabra de lo que le contaba la doctora y era tan maleducado (o tan descuidado) que se notaba en su expresión.

Por eso la doctora le dijo:

—Claro que usted no me cree, porque está convencido de que no he venido más que a acostarme con usted.

El doctor hizo un gesto de negación pero la doctora prosiguió:

139

—Es usted un Don Juan engreído. Naturalmente. Las mujeres, en cuanto le ven, no piensan en otra cosa. Y usted, aburrido y agobiado, cumple con su triste misión.

Havel volvió a hacer un gesto de rechazo, pero la doctora, después de encender un cigarrillo y echar elegantemente el humo, continuó:

—Pobre Don Juan, no tema, no he venido a molestarle. No es usted ni mucho menos como la muerte. Esas no son más que frases ingeniosas de nuestro querido médico jefe. No arrampla usted con todo, porque no todas le permiten arramplar. Le garantizo que yo, por ejemplo, soy completamente inmune a sus encantos.

—¿Eso es lo que vino a decirme?

—Entre otras cosas. Vine a consolarle, a decirle que no es como la muerte. Que yo no dejaría que se me llevara a mí.

La moralidad de Havel

—Es muy amable —dijo Havel—. Es muy amable por no dejar que arrample con usted y por haber venido a decírmelo. Y es verdad que no soy como la muerte. No sólo no acepto a Alzbeta, sino que ni siquiera a usted estaría dispuesto a aceptarla.

—Oh —se asombró la doctora.

—Con eso no quiero decir que no me guste, más bien al contrario.

—Ah, bueno —dijo la doctora.

—Sí, me gusta mucho.

—Entonces, ¿por qué no me aceptaría a mí? ¿Porque no me intereso por usted?

—No, creo que no tiene nada que ver con eso.

—Entonces, ¿por qué?

—Porque sale con el jefe.

—¿Y qué?

—El jefe tiene celos. Al jefe le molestaría.

—¿Tiene usted problemas morales? —rió la doctora.

—¿Sabe una cosa? —dijo Havel—, he tenido a lo largo de mi vida bastantes aventuras con las mujeres y eso me ha enseñado a valorar la amistad entre dos hombres. Este tipo de relación, que no está salpicada por la estupidez del erotismo, es el único valor perdurable que he encontrado en la vida.

—¿Al médico jefe lo considera un amigo?

—El médico jefe ha hecho mucho por mí.

—Y por mí mucho más —objetó la doctora.

—Es posible —dijo Havel—, pero de todos modos no se trata de gratitud. Simplemente le tengo cariño. Es un tío excelente. Y le tiene a usted mucho apego. Si yo tratase de seducirla, tendría que considerarme a mí mismo un canalla.

Ataque al médico jefe

—No pensé —dijo la doctora— que iba a oírle a usted semejante oda a la amistad. Adquiere usted, doctor, un aspecto que es nuevo y completamente inesperado para mí. No sólo no carece, como era de prever, de sentimientos, sino que además se los dedica (y eso es enternecedor) a un hombre viejo, canoso, medio calvo, que ya no llama la atención más que por su comicidad. ¿Se fijó en él hoy? ¿En su forma de pavonearse permanentemente? Siempre está intentando demostrar una serie de cosas sin que nadie le crea.

»En primer lugar pretende demostrar que es ingenioso. ¿Se fijó? No paró de hablar, de divertir a los presentes, de decir cosas graciosas, el doctor Havel es como la muerte, de inventar paradojas sobre la desgracia del matrimonio feliz (¡como si no se lo hubiera oído ya cincuenta veces!), de tomarle el pelo a Flajsman (¡como si para eso hiciera falta ser ingenioso!).

»En segundo lugar trata de demostrar que es un buen amigo. Por supuesto, en realidad, no quiere a nadie que tenga pelos en la cabeza, pero eso hace que se esfuerce aún más. Le dijo cosas agradables a usted, me las dijo a mí, estuvo paternalmente tierno con Alzbeta e incluso a Flajsman sólo le tomó el pelo con cuidado para que no se diese cuenta.

»Y en tercer lugar y ante todo, trata de demostrar que es un fenómeno. Trata desesperadamente de ocultar su aspecto actual mediante la facha que tuvo en otros tiempos, que desgraciadamente ya no tiene y que ninguno de nosotros recuerda. Tiene que haberse fijado con qué rapidez colocó la historia de la putita que lo rechazó, sólo para tener la oportunidad de recordar su irresistible rostro juvenil y para tapar con él su lamentable calvicie.

Defensa del médico jefe

—Todo lo que está diciendo es casi cierto, doctora —respondió Havel—. Pero todo eso no hace más que darme buenos motivos para querer al jefe, porque todo eso me toca más de cerca de lo que usted supone. ¿Por qué iba a reírme de una calvicie que a mí también me espera? ¿Por qué iba a reírme de los esforzados intentos del jefe por no ser quien es?

»Una persona mayor, o bien se resigna a ser quien es, ese lamentable resto de sí misma, o no se resigna.

Pero ¿qué puede hacer si no se resigna? No puede hacer otra cosa que aparentar que no es quien es. No puede hacer otra cosa que crear, en una trabajosa ficción, todo lo que ya no existe, lo que ha perdido; debe inventar, crear y mostrar su alegría, su vitalidad, su camaradería. Tiene que recrear su imagen juvenil y tratar de confundirse con ella y transformarse en ella. En esa comedia del jefe me veo a mí mismo, a mi propio futuro. Esto, claro, si tengo fuerzas suficientes para resistirme a la rendición, que es con seguridad un mal peor que esa triste comedia.

»Es posible que usted haya acertado al analizar al jefe. Pero yo así le quiero aún más y nunca sería capaz de hacerle daño, de lo cual se desprende que jamás podría tener algo que ver con usted.

La respuesta de la doctora

—Estimado doctor —respondió la doctora—, entre nosotros hay menos contradicciones de lo que usted cree. Yo también le quiero. A mí también me da lástima, igual que a usted. Y tengo más motivos para estarle agradecida que usted. De no ser por él no tendría aquí un puesto tan bueno. (Eso usted ya lo sabe, ¡eso lo saben todos perfectamente!) ¿Usted cree que yo le tomo el pelo, que hablo mal de él, que tengo otros amantes? ¡Todos disfrutarían yendo a contárselo! No quiero hacerle daño a él ni hacérmelo a mí misma y por eso estoy más atada de lo que usted pueda imaginar. Estoy atada por completo. Pero estoy contenta de que nosotros dos nos hayamos entendido. Porque usted es la única persona con la que puedo permitirme serle infiel. Porque usted le aprecia de verdad y jamás le haría daño. Usted será estrictamente discreto. En usted puedo confiar. Con usted puedo hacer el amor...— y se le sentó a Havel en las rodillas y empezó a desabrocharle los botones.

¿Qué hizo el doctor Havel?

¡Vaya pregunta!

Un rapto de nobleza

Tras la noche llegó la madrugada, y Flajsman salió al jardín a cortar un ramo de rosas. Después tomó el tranvía hasta el hospital.

Alzbeta estaba en una habitación individual en el departamento de Medicina Interna. Flajsman se sentó junto a su cama, colocó el ramo de rosas en la mesilla de noche y le cogió la mano para medirle el pulso.

—¿Qué tal, ya está mejor? —preguntó después.

—Bastante mejor —dijo Alzbeta.

Y Flajsman dijo con sentimiento:

—No debía haber hecho esa tontería, chiquilla.

—Claro —dijo Alzbeta—, es que me quedé dormida. Puse agua a hervir para el café y me quedé dormida como una idiota.

Flajsman se quedó alelado mirando a Alzbeta, porque no esperaba semejante nobleza de espíritu. ¡Alzbeta no quería que los remordimientos lo hiciesen sufrir, no quería que su amor lo hiciese sufrir, ocultaba su amor!

Le acarició la mejilla y, en un rapto de sentimentalismo, empezó a tutearla:

—Lo sé todo. No hace falta que mientas. Pero te agradezco la mentira.

Se daba cuenta de que semejante nobleza de espíritu, semejante capacidad de sacrificio y semejante delicadeza no podría encontrarlas en ninguna otra mujer y sintió unas terribles ganas de sucumbir a la avalancha de excitación y pedirle que fuese su mujer. Pero en el último momento se contuvo (siempre hay tiempo para una petición de matrimonio) y sólo le dijo esto:

—Alzbeta, Alzbeta, chiquilla. Estas rosas las traje para ti.

Alzbeta se quedó embobada mirando a Flajsman y dijo:

—¿Para mí?

—Sí, para ti. Porque estoy feliz de estar contigo. Porque estoy feliz de que existas. Alzbeta. Puede que te quiera. Puede que te quiera mucho. Pero quizá por eso mismo será mejor que nos quedemos tal como estamos. Puede que un hombre y una mujer estén más cerca el uno del otro cuando no viven juntos y cuando simplemente saben que existen y que están agradecidos por existir y por saber el uno del otro. Y sólo con esto les basta para ser felices. Te agradezco, Alzbeta, te agradezco que existas.

Alzbeta no entendía nada, pero por su rostro se extendía una sonrisa beatífica, una sonrisa boba llena de indeterminada felicidad y de imprecisa esperanza.

Flajsman se levantó, cogió a Alzbeta del hombro (como señal de un amor discreto y callado), dio media vuelta y se marchó.

La inseguridad de todas las cosas

—Es posible que nuestra bella colega, que hoy reluce de juventud, haya dado realmente la mejor explicación de los hechos —les dijo el médico jefe a la doctora y a Havel cuando se encontraron los tres en la sección—. Alzbeta puso agua para el café y se quedó dormida. Al menos eso es lo que dice.

—Ya lo ve —dijo la doctora.

—No veo nada —respondió el médico jefe—. A fin de cuentas nunca se sabe qué ha pasado. El cazo del agua podía estar de antes. Si Alzbeta pretendía suicidarse no tenía razón alguna para quitarlo.

—¡Pero si lo dice ella misma! —protestó la doctora.

—Una vez que ha montado convenientemente el espectáculo y que nos ha asustado convenientemente, ¿por qué no iba a echarle la culpa al cazo del agua? No olvide que en nuestro país a los suicidas los mandan a curarse al manicomio. Y ése es un sitio al que nadie va de buena gana.

—Le ha tomado usted el gusto a lo del suicidio, jefe —dijo la doctora.

Y el médico jefe se echó a reír:

—¡Me gustaría, por una vez, que Havel tuviera un buen cargo de conciencia!

El acto de contricción de Havel

La mala conciencia de Havel oyó en la frase del médico jefe un reproche cifrado, a través del cual el cielo le enviaba una reprimenda secreta y dijo:

—El jefe tiene razón. No es seguro que haya sido un intento de suicidio, pero es posible que lo fuese. Además, si he de ser sincero, no se lo echaría en cara a Alzbeta. ¡Díganme ustedes si existe en la vida algún valor que nos haga pensar que el suicidio está esencialmente fuera de lugar! ¿El amor? ¿O la amistad? Les garantizo que la amistad no es menos frágil que el amor y que sobre esa base nada puede construirse. ¿O al menos la autoestima? Si al menos lo fuese la autoestima. Jefe —dijo ahora Havel casi apasionadamente y aquello sonó como un acto de contricción—, jefe, le juro que no me quiero nada.

—Estimados señores —dijo la doctora con una sonrisa—, si ello sirve para que el mundo les parezca más hermoso y si contribuye a la salvación en sus almas, no hay problema, nos ponemos de acuerdo en que Alzbeta quería realmente suicidarse. ¿Están de acuerdo?

Happy end

—Tonterías —el médico jefe hizo un gesto de rechazo—, olvídenlo ya. ¡Havel, está usted ensuciando con sus palabras el aire de esta hermosa mañana! Soy quince años mayor que usted. Me persigue la desgracia porque mi matrimonio es feliz y nunca podré divorciarme. Y soy infeliz en el amor porque la mujer a la que amo es por desgracia esta doctora. Y, sin embargo, soy feliz en este mundo, ¡y no pretenda pasarse de listo!

—Así me gusta, así me gusta —le dijo la doctora al médico jefe con inusitada ternura y le cogió la mano—: ¡Yo también soy feliz en este mundo!

En ese momento se sumó al trío de médicos Flajsman y dijo:

—Estuve con Alzbeta. Es una mujer increíblemente honesta. Lo ha negado todo. Quiere cargar ella con toda la culpa.

—Ya lo ven —rió el médico jefe—, ¡y aquí Havel tratando de arrastrarnos a todos al suicidio!

—Claro —dijo la doctora y se acercó a la ventana—. Vamos a tener otro día hermoso. El cielo está tan azul. ¿Qué le parece, Flajsman?

Hace apenas un rato Flajsman casi se echaba en

cara que se había aprovechado de la situación y lo había resuelto todo con sólo un ramo de rosas y algunas palabras bonitas, pero ahora estaba contento de no haberse precipitado en exceso. Había oído la señal de la doctora y la había entendido perfectamente. El hilo de la aventura volvía a anudarse en el mismo sitio en donde se había cortado el día anterior, cuando el gas estropeó su encuentro con la doctora. No pudo evitar sonreírle a la doctora, aunque fuera delante de la cara del celoso médico jefe.

La historia continúa por lo tanto, allí donde ayer terminó, pero a Flajsman le da la impresión de que ahora él interviene con muchos más años y mayor fuerza. Deja atrás un amor grande como la muerte. Se le ensanchó el pecho y fue el ensanchamiento más grande y hermoso que jamás hubiera experimentado. Porque lo que tan felizmente se lo ensanchaba era la muerte; una muerte que le había sido regalada, una hermosa y fortalecedora muerte.

Quinta parte
Que los muertos viejos dejen sitio a los muertos jóvenes

1

Volvía a casa por una calle de la pequeña ciudad checa en la que vivía desde hacía ya varios años, resignado a soportar una vida no demasiado movida, el cotilleo de los vecinos y la monótona grosería que lo rodeaba en su trabajo, y le prestaba tan poca atención a todo (tal como suele hacerse cuando se recorre un camino que se ha recorrido cien veces) que por poco pasa a su lado sin verla. En cambio ella lo reconoció de lejos y, mientras se acercaba a él, lo miraba con una ligera sonrisa que, justo en el último momento, cuando ya casi se habían cruzado, hizo funcionar el sistema de señales de su memoria y lo arrancó de su somnolencia.

—¡No la había reconocido! —se disculpó, pero fue una disculpa tonta porque de un salto habían ido a parar a un tema del que hubiera sido mejor no hablar: no se veían desde hacía quince años y durante aquel período ambos habían envejecido.

—¿Tanto he cambiado? —le preguntó ella y él le respondió que no y, aunque era mentira, no era del todo mentira, porque aquella ligera sonrisa (que expresaba recatada y moderadamente una especie de eterna capacidad de entusiasmo) llegaba hasta aquí atravesando una distancia de muchos años sin haber cambiado para nada y lo dejaba confuso: le recordaba con tal precisión el aspecto que había tenido esta mujer que tuvo que hacer cierto esfuerzo para no percibir la sonrisa y verla a ella tal como era en este momento: era ya casi una mujer vieja.

Le preguntó adónde iba y qué planes tenía, pero ella le respondió que había venido a hacer unos trámites y que ahora no le quedaba más que esperar que llegara el tren que por la noche la llevaría a Praga. El manifestó su alegría por el inesperado encuentro y, como coincidieron (con toda razón) en que los dos cafés locales están abarrotados y sucios, la invitó a su apartamento, que no está lejos de aquí y donde hay café, té —y sobre todo limpieza y tranquilidad.

2

Para ella había sido, desde el comienzo, un mal día. Su marido (hace veinticinco años vivieron allí, de recién casados, durante un breve período tras el cual se fueron a Praga, donde hace diez años él murió) fue enterrado, por un extravagante deseo expresado en su testamento, en el cementerio local. De modo que pagó la tumba diez años por adelantado y hace unos días se llevó un susto al acordarse de que había pasado el plazo y había olvidado renovar el alquiler. Lo primero que se le ocurrió fue enviar una carta a la administración del cementerio, pero pensó en lo interminable e inútil que era la correspondencia con las instituciones y decidió ir personalmente.

Conocía de memoria el camino hasta la tumba del marido, pero hoy había tenido de pronto la sensación de estar por primera vez en este cementerio. No podía encontrar la tumba y le pareció que se había perdido. Tardó un rato en comprender: allí donde solía estar la losa de granito gris con el nombre de su marido en letras de oro, exactamente en el mismo sitio (reconoció sin lugar a dudas las dos tumbas vecinas), había ahora una losa de mármol negro con un nombre completamente distinto en letras doradas.

Enfadada, se dirigió a la administración del cementerio. Allí le dijeron que, al expirar el plazo de alquiler, las tumbas se liquidan automáticamente. Les reprochó que no le hubieran advertido previamente que debía prolongar el alquiler y le respondieron que tenían poco sitio en el cementerio y que *los muertos viejos debían dejar sitio a los muertos jóvenes.* Aquello la indignó y les dijo que no sabían una palabra de humanidad y respeto por las personas, pero comprendió que la conversación era inútil. Del mismo modo en que no había podido impedir la muerte de su marido, ahora se encontraba igualmente desarmada ante su segunda muerte, esa muerte de «muerto viejo» que ya no puede existir ni siquiera como muerto.

Regresó a la ciudad y su pena empezó rápidamente a mezclarse con la temerosa preocupación por la necesidad de explicarle a su hijo la desaparición de la tumba del padre y de justificar ante él su olvido. Finalmente se sintió cansada: no sabía qué hacer durante todo el tiempo que le quedaba hasta la salida del tren, porque ya no conocía a nadie en este sitio y tampoco había nada que diese motivo a un paseo sentimental, porque la ciudad había cambiado demasiado a lo largo de estos años, y los lugares que en otros tiempos le resultaban familiares la miraban ahora con un aspecto completamente ajeno. Por eso aceptó agradecida la invitación de un antiguo (semiolvidado) amigo con el que de pronto se encontró: así podría lavarse las manos en el cuarto de baño y sentarse después en un sillón mullido (le dolían las piernas), echarle un vistazo a la habitación y oír cómo, tras la cortina que separaba la cocinilla de la habitación, hierve el agua para el café.

3

No hace mucho que cumplió treinta y cinco años y fue precisamente entonces cuando comprobó de pronto que en la nuca le había raleado visiblemente el pelo. No era aún del todo una calva, pero era ya perfectamente posible imaginársela (bajo el pelo ya se veía la piel) y, sobre todo, era ya una calva segura y próxima. Por supuesto es ridículo hacer del pelo que va raleando un problema vital, pero era consciente de que la calva cambiaría su cara y que, por lo tanto, la vida de uno de sus aspectos (evidentemente el mejor) estaba llegando a su fin.

Y fue entonces cuando se le ocurrió plantearse cuál había sido el balance de este aspecto suyo (con pelo) que desaparecía, cuáles habían sido realmente las vivencias y las satisfacciones que había tenido aquel aspecto, y se quedó paralizado al darse cuenta de que había disfrutado bastante poco; al pensar en aquello sintió que se ruborizaba; sí, le daba vergüenza: porque vivir en este mundo tanto tiempo y que a uno le pasen tan pocas cosas es vergonzoso.

¿A qué se refería realmente cuando se decía que le habían pasado tan pocas cosas? ¿Se refería a los viajes, al trabajo, a la actuación pública, al deporte, a las mujeres? Se refería, claro está, a todo eso, pero sobre todo a las mujeres, porque era lamentable que su vida hubiese sido pobre en otros aspectos, pero la culpa no era suya: él no tenía la culpa de que su profesión fuera aburrida y sin futuro; no tenía la culpa de carecer del dinero y el curriculum político necesarios para viajar; finalmente, tampoco tenía la culpa de haberse lastimado el menisco a los veinte años y haber tenido que renunciar a los deportes que le gustaban. En cambio el reino de las mujeres era para él un reino de relativa libertad y por eso no tenía excusas en este sentido; ahí había podido demostrar su riqueza; las mujeres se convirtieron para él en el único criterio adecuado para medir la *densidad* de su vida.

Pero la mala suerte fue que precisamente lo de las mujeres no funcionaba nada bien: hasta los veinticinco (aunque era guapo) le atenazó el temor; después se enamoró, se casó y se pasó siete años tratando de convencerse de que en una sola mujer se podía encontrar la infinitud del erotismo; después se divorció, la apología de la monogamia (y la ilusión de lo infinito) se difuminó y en su lugar llegaron la audacia y el agradable gusto por las mujeres (por la variada finitud de la cantidad), desgraciadamente muy limitados por su mala situación financiera (tenía que pagarle a su anterior mujer alimentos por un hijo al que no podía ver más que una o dos veces al año) y por las condiciones de vida de una ciudad pequeña en la cual la curiosidad de los vecinos es tan inmensa como ínfima la posibilidad de elección de mujeres.

Y el tiempo corría ya a toda prisa y de pronto se encontró en el cuarto de baño, frente al espejo oval que está encima del lavabo, sosteniendo con la mano derecha un espejito redondo por encima de la cabeza y observando de reojo la incipiente calva; aquella visión le familiarizó de repente (sin preparación alguna) con la trivial constatación de que lo perdido perdido está. El malhumor se hizo crónico y hasta se le pasó por la cabeza la idea de suicidarse. Naturalmente (y es menester subrayarlo para que no veamos en él a un histérico o un idiota) era consciente de la comicidad de semejante idea y sabía que nunca la llevaría a cabo (se reía para sus adentros de su carta de despedida: *No he podido resignarme a la calvicie. ¡Adios!*), pero ya es bastante que semejante idea, por platónica que fuera, se le hubiera ocurrido. Intentemos comprenderle: se manifestaba poco más o menos como en el corredor de maratón se manifiesta un insuperable deseo de abandonar la carrera cuando, a la mitad del recorrido, comprueba que va perdiendo vergonzosamente (y, por si fuera poco, debido a sus propios errores, por su propia culpa). El también creía que tenía perdida la carrera y ya no tenía ganas de seguir corriendo.

Y ahora se inclinó ante la mesilla y colocó una taza frente al sofá (en el que después se sentó) y otra frente al cómodo sillón en el que estaba sentada la visitante y se dijo que había una especial mala idea en que a esta mujer, de la que en otros tiempos había estado enamorado hasta las cejas y a la que había dejado escapar (por sus propios errores, por su propia culpa), se la encontrase precisamente en este estado de ánimo y en esta época, cuando ya nada puede arreglarse.

4

A ella le habría resultado difícil adivinar que él la veía como la que se le escapó; ella seguía recordando la noche que habían pasado juntos, recordaba el aspecto que entonces tenía él (tenía veinte años, no sabía vestirse, se ponía colorado y a ella le divertía su cara de adolescente), y también se recordaba a sí misma (tenía entonces casi cuarenta años, y una especie de ansia de belleza la hacía caer en brazos de hombres a los que no conocía, pero, al mismo tiempo, la hacía huir de ellos; siempre había pensado que su vida debía ser como *un hermoso baile* y temía convertir las infidelidades en una fea costumbre).

Sí, se había impuesto la belleza igual que la gente se impone imperativos morales; si hubiera visto fealdad en su vida, se habría desesperado. Y como ahora se daba cuenta de que, al cabo de quince años, tenía que parecerle vieja a su anfitrión (con todas las fealdades que eso comporta), sentía la necesidad de desplegar ante su rostro un imaginario abanico y por eso hacía caer sobre él una lluvia de preguntas apresuradas: le preguntó cómo había venido a parar a esta ciudad; le preguntó por su trabajo; elogió la comodidad de su apartamento, la vista de los techos de la ciudad desde la ventana (dijo que no era que la vista tuviera nada especial, pero que había en ella soltura y espacio); nombró a los autores de algunas reproducciones enmarcadas de pintores impresionistas (no era nada difícil: en las casas de los intelectuales pobres de Bohemia encuentra uno siempre las mismas reproducciones baratas), después incluso se levantó de la mesa sin terminar el café y se inclinó sobre un pequeño escritorio encima del cual había un portarretratos con varias fotografías (no se le escapó el detalle de que no había entre ellas ninguna fotografía de mujer joven) y le preguntó si el rostro de la anciana en una de ellas pertenecía a su madre (asintió).

Después él también le preguntó qué quiso decir cuando se encontraron al mencionar que había venido a hacer «algunos trámites». Ella no tenía la menor gana de hablar del cementerio (aquí en el quinto piso tenía la sensación de estar no sólo por encima de los tejados, sino también agradablemente por encima de su vida); cuando él insistió, reconoció finalmente (de un modo muy conciso, porque la desvergüenza propia de la sinceridad apresurada nunca había sido su estilo) que había vivido en esta ciudad hacía muchos años, que aquí está enterrado su marido (silenció la desaparición de la tumba) y que hace ya diez años viene siempre con su hijo el día de difuntos.

5

—¿Todos los años?

Esa noticia lo entristeció y volvió a pensar que la cosa tenía mala idea; si se la hubiese encontrado hace seis años, cuando vino a vivir a esta ciudad, todo hubiera podido salvarse: la vejez aún no la habría marcado tanto, su aspecto no hubiera sido tan diferente de la imagen de la mujer a la que había amado quince años antes; hubiera tenido fuerzas para salvar la diferencia y percibir ambas imágenes (la pasada y la presente) como una sola. Pero ahora se habían distanciado irremisiblemente.

Ella había terminado de tomar el café, estaba hablando y él trataba de determinar con precisión las dimensiones de la transformación por culpa de la cual se le escapaba por *segunda vez:* la cara con arrugas (en vano pretendía negarlo una capa de maquillaje); el cuello marchito (en vano pretendía ocultarlo un cuello alto); las mejillas flojas; el pelo (¡pero eso era casi hermoso!) canoso; pero lo que más le llamó la atención fueron las manos (éstas por desgracia no pueden taparse ni con maquillajes ni con pinturas): se notaban en ellas nudos de venas azuladas, así que de pronto eran unas manos masculinas.

La pena se mezclaba en él con la rabia y tenía ganas de regar con alcohol el retraso de este encuentro; le preguntó si quería tomar un coñac (tenía en el armario una botella empezada); le respondió que no, que no quería, pero él se acordó de que hacía años tampoco bebía apenas, quizá para que el alcohol no le hiciese perder la elegante placidez de su comportamiento. Y cuando vio el delicado movimiento de mano con el que rechazó el ofrecimiento del coñac, se dio cuenta de que aquel encanto de la elegancia, aquella gracia, aquella amabilidad que lo habían conquistado, seguían siendo las mismas, aunque ocultas tras la máscara de la vejez, siempre igualmente seductoras, aunque encarceladas.

Al pasársele por la cabeza la idea de que estaba *encarcelada por la vejez* sintió por ella una pena inmensa, y esa pena se la hizo más próxima (a esta mujer, antes tan deslumbrante, en cuya presencia siempre se le trababa la lengua) y le entraron ganas de charlar largo rato con ella como un amigo con una amiga, en azulado humor de melancólica resignación. Y en efecto se puso a hablar (e incluso durante un rato ciertamente largo) hasta llegar a las ideas pesimistas que últimamente solían visitarlo. Naturalmente pasó por alto la incipiente calva (por lo demás igual que ella no había hablado de la desaparición de la tumba); pero, como contrapartida, la visión de la calva se había transustanciado en sentencias cuasifilosóficas acerca de que el tiempo corre más aprisa de lo que el hombre es capaz de vivir, de que la vida es horrible porque todo en ella está marcado por el inevitable final, y en otras sentencias parecidas, a las cuales esperaba encontrar respuesta aprobatoria por parte de su invitada; pero no la encontró.

—No me gusta ese tipo de frases —dijo casi con violencia—: Lo que está diciendo no son más que superficialidades.

6

No le gustaban las frases sobre el envejecimiento y la muerte porque contenían una fealdad física que la molestaba. Le repitió varias veces a su anfitrión, casi excitada, que sus opiniones eran *superficiales*; porque el hombre, dijo, es algo más que un cuerpo que se va estropeando, porque lo esencial es, claro, la obra que el hombre realiza, lo que el hombre deja aquí para los demás. No era ésta una opinión reciente; ya había recurrido a ella cuando se enamoró, hacía treinta años, del que luego sería su marido, doce años mayor que ella; nunca había dejado de apreciarlo sinceramente (a pesar de sus infidelidades, de las que por lo demás él, o no sabía, o no quería saber) y había tratado de convencerse a sí misma de que el intelecto y la relevancia del marido compensaban plenamente la carga de sus años.

—¡Pero de qué obra me habla! ¡Cuál es la obra que dejamos! —protestó con una amarga sonrisa su anfitrión.

No quería apoyarse en su marido muerto, aunque creía firmemente en el valor duradero de todo lo que él había hecho; por eso dijo únicamente que cada persona lleva a cabo en este mundo alguna obra, por modesta que sea, y que en ella, y sólo en ella, reside su valor; después se puso a hablar de su trabajo en un centro cultural de la periferia de Praga, de las conferencias y sesiones de poesía que organiza, habló (con un énfasis que a él le pareció exagerado) de «la cara de agradecimiento» del público; e inmediatamente después se extendió en explicaciones acerca de lo hermoso que es tener un hijo y ver cómo los rasgos de ella (su hijo se le parece) se convierten en la cara de un hombre; qué hermoso es darle todo lo que una madre le puede dar a un hijo y desaparecer luego silenciosamente detrás de su vida.

No era casual que hablase del hijo, porque el hijo había estado todo el día apareciendo en su mente y echándole en cara su fracaso matutino en el cementerio; era curioso: jamás había dejado que un hombre le impusiese su voluntad, pero su propio hijo le había puesto el yugo sin que se enterase. Si el fracaso de hoy en el cementerio la había excitado tanto era sobre todo porque se sentía culpable ante él y temía sus reproches. Claro que hacía mucho tiempo que intuía que, si el hijo vigilaba con tanto celo que ella honrase el recuerdo del padre (¡era él quien insistía todos los días de difuntos para que fueran al cementerio!), no era tanto por amor al padre muerto como más bien porque deseaba aterrorizar a la madre, recluirla dentro de los límites propios de la viudez; porque era así, aunque él nunca lo había formulado, y ella trataba (sin éxito) de no saberlo: le daba asco la idea de que la madre pudiera aún tener una vida sexual, le repugnaba todo lo que quedaba en ella (al menos como posibilidad y oportunidad) de sexual; y como la imagen de lo sexual siempre va unida a la imagen de la juventud, le repugnaba todo lo que en ella había aún de joven; ya no era un niño y la juventud de la madre (unida a la agresividad de los cuidados maternos) le obstaculizaba desagradablemente su relación con la juventud de las chicas que empezaban a interesarle; quería tener una madre vieja, sólo así podía soportar su amor y sólo así podía quererla. Y ella, pese a que a veces se daba cuenta de que de ese modo la estaba arrastrando hacia la tumba, acabó por obedecerle, capituló bajo su presión e incluso idealizó su capitulación, convenciéndose de que la belleza de su vida consiste precisamente en ese silencioso desaparecer tras otra vida. En nombre de esta idealización (sin la cual las arrugas de la cara le hubieran quemado mucho más), discutía ahora tan apasionadamente con su anfitrión.

Pero el anfitrión se inclinó de pronto hacia ella por encima de la mesilla que les separaba, le acarició la mano y dijo:

—Disculpe mi charlatanería. Ya sabe que siempre he sido un tonto.

163

7

No estaba enfadado, al contrario, la visitante no
había hecho más que confirmar su identidad durante
la discusión; en su protesta contra las frases pesimistas
(¿acaso no era ante todo una protesta contra la fealdad y el mal gusto?) la reconocía tal como la había conocido y de ese modo su mente estaba cada vez más
llena del antiguo aspecto de ella y de su antigua historia común y lo único que deseaba era que nada interrumpiese aquel ambiente azul, tan propicio a la conversación (por eso le acarició la mano y dijo que era
un tonto), para poder hablarle de lo que en ese momento le parecía lo más importante: su historia común, estaba convencido de que habían vivido juntos
algo muy especial, algo que ella desconocía y para lo
que él mismo tendrá que esforzarse si quiere encontrar las palabras precisas.

Ya ni siquiera recuerda cómo la conoció, seguramente apareció alguna vez en compañía de sus amigos
de la Facultad, pero del cafetín praguense en el que
estuvieron solos por primera vez se acuerda perfectamente: estaba sentado frente a ella en un silloncito de
terciopelo, angustiado y silencioso, pero al mismo
tiempo totalmente embriagado por las tenues señales
con las que ponía de manifiesto su simpatía hacia él.
Después había estado tratando de imaginar (aunque
no se atrevía a creer que lo que imaginaba pudiese
convertirse en realidad) qué aspecto tendría si la besase, la desnudase y le hiciese el amor, pero no lo conseguía. Sí, era curioso: mil veces intentó imaginársela
haciendo el amor, pero fue en vano: la cara de ella seguía mirándolo con su sonrisa tranquila y suave y él

era incapaz (ni con el mayor esfuerzo de su imaginación) de ver cómo se torcía en el gesto de la exaltación amorosa. *Ella escapaba por completo a su capacidad imaginativa.*

Y aquélla fue una situación que jamás volvió a repetirse en toda su vida: aquella vez había estado cara a cara con lo *inimaginable.* Evidentemente estaba pasando por ese breve período (el período *paradisíaco*) en que la imaginación está aún poco provista de experiencias, aún no ha caído en la rutina, conoce poco y sabe poco, de modo que aún existe lo inimaginable; y cuando lo inimaginable debe convertirse en realidad (sin la mediación de lo imaginable, sin el puente de las imágenes), el hombre se ve sorprendido y cae presa del vértigo. Cayó en efecto presa de ese vértigo cuando, al cabo de varios encuentros, durante los cuales no se atrevió a hacer nada, ella empezó a preguntarle, con elocuente curiosidad, por su habitación en la residencia de estudiantes hasta que prácticamente le obligó a invitarla.

La habitación de la residencia, en la que vivía con un compañero que, a cambio de un vaso de ron, le prometió no volver hasta la medianoche, se parecía poco a su apartamento actual: dos camas de hierro, dos sillas, un armario, una lámpara chillona sin pantalla, un terrible desorden. Ordenó la habitación, y a las siete (formaba parte de su delicadeza llegar puntualmente) ella llamó a la puerta. Era el mes de septiembre y apenas comenzaba lentamente a oscurecer. Se sentaron en el borde de la cama de hierro y empezaron a besarse. Se iba haciendo cada vez más oscuro y él no quería encender la luz porque estaba contento de no ser visto y tenía la esperanza de que la oscuridad ocultase su nerviosismo cuando tuviese que desnudarse delante de ella. (Se las apañaba más o menos para desabrocharle las blusas a las mujeres, pero se desnudaba delante de ellas con avergonzado apresuramiento.) Pero esta vez tardó mucho tiempo en atreverse a desabrocharle el primer botón (pensaba que debía existir algún sistema acertado y elegante para empezar a desnudar a alguien que sólo conocerían los hombres *experimentados* y tenía miedo de que se notase su inexperiencia), de modo que al final ella misma se levantó y le preguntó con una sonrisa:

—¿No sería mejor que me quitase esta armadura?... —y empezó a desnudarse; pero estaba oscuro y él no veía más que las sombras de los movimientos de ambos.

Se desnudó también, apresuradamente, y no obtuvo cierta seguridad en sí mismo hasta que (gracias a la paciencia de ella) empezaron a hacer el amor. La miraba a la cara, pero en la penumbra se le escapaba por completo su expresión y ni siquiera distinguía sus rasgos. Lamentaba que estuviese oscuro, pero le parecía imposible en aquel momento levantarse de encima de ella para ir hasta la puerta y encender la luz, así que seguía forzando la vista: pero no la reconocía; le parecía que estaba haciendo el amor con otra persona distinta, con alguien que fingía ser ella o con alguien que carecía de concreción y de individualidad.

Después ella se sentó encima de él (tampoco lograba ver más que su sombra erguida) y moviendo las caderas dijo algo con voz amortiguada, en un susurro, sin que se supiese si se lo decía a él o a sí misma. No reconoció las palabras y le preguntó qué había dicho. Volvió a susurrar algo y ni siquiera después, cuando volvió a abrazarla contra su cuerpo, pudo entender lo que decía.

8

Oía a su anfitrión y estaba cada vez más interesada por unos detalles que había olvidado hacía mucho tiempo: por ejemplo, que entonces solía llevar un traje de verano color azul pálido con el que, al parecer, tenía un aspecto angelical e intangible (sí, se acordaba de aquel traje), que solía llevar en el pelo una peineta grande de hueso que, al parecer, le daba un distinguido aire anticuado, que en la cafetería siempre pedía té con ron (su único vicio alcohólico), y todo aquello la transportaba agradablemente lejos del cementerio, de la tumba desaparecida, de los pies cansados, del centro cultural y hasta de los reproches de los ojos del hijo. Mira, se dijo de pronto, como quiera que sea yo ahora, si una parte de mi juventud sigue viviendo en este hombre, no he vivido en vano; y de inmediato se percató de que aquélla era una nueva confirmación de sus opiniones: el valor de una persona reside en aquello que va más allá de ella, en lo que está fuera de ella, en lo que hay de ella en los demás y para los demás.

Oía lo que le decía y no protestaba cuando a veces le acariciaba la mano; aquellas caricias se confundían con la atmósfera acariciante de la conversación y poseían una indefinición que la desarmaba (¿a quién iban dirigidas? ¿a aquella *de la cual* se hablaba o a aquella *a la cual* se hablaba?); además, aquel que la acariciaba le gustaba; incluso pensó que le gustaba más que aquel jovencito de hace quince años, cuya adolescencia, si mal no recuerda, resultaba un tanto complicada.

Cuando él llegó en su relato al punto en que la sombra de ella se movía erguida encima de él mientras trataba en vano de entender sus susurros, se calló por un momento y ella (ilusa, como si él conociese aquellas palabras y quisiera recordárselas al cabo de

167

los años como un secreto olvidado) le preguntó en voz baja:

—¿Y qué fue lo que dije?

9

—No lo sé —respondió.

No lo sabía; aquella vez no sólo había escapado a sus imágenes, sino también a sus sensaciones; escapó a su vista y a su oído. Cuando encendió la luz en la pequeña habitación de la residencia, ya estaba vestida, todo en ella había vuelto a ser suave, deslumbrante, perfecto, y él buscaba inútilmente la relación entre su cara iluminada y la cara que hacía un momento había intuido en la oscuridad. Aún no habían acabado de despedirse aquel día y ya la recordaba; trataba de imaginar el aspecto que tenía un rato antes su cara (que no había visto) y su cuerpo (que no había visto) mientras hacían el amor. Pero no lo conseguía; seguía escapando a su capacidad de imaginación.

Se hizo el propósito de hacerle el amor, la próxima vez, con la luz encendida. Pero ya no hubo próxima vez. A partir de entonces, con habilidad y tacto, ella procuró evitarlo y él cayó en la inseguridad y la desesperanza: es cierto que habían hecho el amor muy bien, suponía, pero también sabía que *antes* había estado imposible, y le daba vergüenza: interpretó su comportamiento esquivo de ahora como una condena y ya no se atrevió a hacer esfuerzo alguno por conquistarla.

—¿Me dirá por qué me esquivaba?

—Por favor —dijo con su voz más tierna—, hace ya tanto tiempo, qué sé yo... —y como él seguía insistiendo, dijo—: No debería volver constantemente al pasado. Ya es suficiente con que tengamos que dedicarle tanto tiempo en contra de nuestra voluntad.

Lo había dicho sólo para evitar que él siguiera insistiendo (y es posible que la última frase, pronunciada con un leve suspiro, se relacionase con la visita matutina al cementerio), pero él interpretó su afirmación de otra manera: como si pretendiera, brusca e intencionadamente, dejar claro (algo tan evidente) que no hay dos mujeres (la de entonces y la actual), sino una sola, siempre la misma y que aquella mujer, que hacía quince años se le escapó, está ahora aquí, está al alcance de la mano.

—Tiene razón, el presente es más importante —dijo él en un tono significativo y miró muy fijamente a su cara, que sonreía con la boca entreabierta, en la que resplandecía una hilera de dientes; en ese momento pasó por su cabeza un recuerdo: aquella vez, en la pequeña habitación de la residencia, ella cogió sus dedos y se los llevó a la boca, los mordió con tanta fuerza que le dolió, pero mientras tanto él palpó todo el interior de su boca; hasta ahora recuerda que, a un lado, arriba, en la parte de atrás, le faltaban todos los dientes (aquello no le produjo entonces rechazo alguno, por el contrario, aquel pequeño defecto formaba parte de su edad, que lo atraía y lo excitaba). Pero ahora, mirando hacia la rendija que se abría entre los dientes y la comisura de la boca, vio que los dientes eran llamativamente blancos y que no faltaba ninguno, y aquello lo dejó helado: volvían a despegarse las dos imágenes, pero él no quería permitirlo, quería volver a unirlas por la fuerza, violentamente, en una sola, y por eso dijo—: ¿De verdad no quiere un coñac? —y cuando ella, con una sonrisa encantadora y las cejas levemente levantadas movió en señal de negación la cabeza, pasó al otro lado de la cortina, sacó la botella de coñac, se la llevó a los labios y bebió de ella con prisa.

Después pensó que ella podía descubrir por su

aliento lo que había hecho y por eso cogió dos copas y la botella y las llevó a la habitación. Ella volvió a hacer un gesto de negación con la cabeza.

—Al menos simbólicamente —dijo y sirvió dos copas. Después chocó su copa con la de ella—: ¡Que ya no vuelva a hablar de usted más que en presente!

El bebió su copa, ella mojó los labios, él se sentó junto a ella en el borde del sillón y la cogió de las manos.

10

Ella no imaginaba, cuando fue a su apartamento, que pudiera producirse una caricia *como ésta,* y al principio se asustó; era como si aquella caricia llegase antes de que hubiera tenido ocasión de prepararse (hacía ya tiempo que había perdido ese *estar permanentemente preparada* que practican las mujeres maduras); (quizá podríamos encontrar en este susto algo en común con el susto que se lleva una chica jovencita cuando la besan por primera vez, porque, si la chica *aún* no está preparada y ella *ya* no lo estaba, estos «aún» y «ya» tienen un misterioso parentesco, como el que suelen tener las rarezas de la vejez y la infancia). Luego la trasladó del sillón al sofá, la abrazó, la acarició por todo el cuerpo y ella se sintió en sus brazos blanda e informe (sí, blanda: porque de su cuerpo hacía tiempo que había desaparecido la soberana sensualidad, que otorga inmediatamente a los músculos el ritmo de la tensión y la distensión, así como la actividad de cientos de suaves movimientos).

Pero el instante de susto pronto se diluyó en sus caricias y, lejos como estaba de la hermosa mujer madura que había sido, regresaba hacia ella con inmensa velocidad, hacia su percepción de sí misma, hacia su conciencia, y encontraba la antigua seguridad de una mujer que sabe de erotismo, y como era una seguridad que no había saboreado desde hacía tiempo, la sentía ahora con mayor intensidad que nunca; su cuerpo, hace un rato aún sorprendido, asustado, pasivo, blando, revivía, le respondía al anfitrión con sus propias caricias y ella sentía la precisión y la sabiduría de aquellas caricias y eso la deleitaba; aquellas caricias, la manera de apoyar la cara en su cuerpo, los suaves movimientos con los que su pecho respondía a los abrazos de él, todo aquello no lo encontraba como si fuera simplemente algo aprendido, algo que sabe y ahora con fría satisfacción ejecuta, sino como algo *esencial*, con lo que se fundía con alegría y entusiasmo, como si fuera su tierra firme natal (¡ay, la tierra firme de la belleza!), de la que había sido expulsada y a la que ahora regresaba triunfalmente.

Su hijo estaba ahora infinitamente lejos; cuando el anfitrión la abrazó, lo había visto, es verdad, llamándole la atención desde un rincón de su mente, pero luego desapareció rápidamente y no quedaron en todos aquellos alrededores más que ella y el hombre que la acariciaba y la abrazaba. Pero, cuando él colocó su boca sobre la de ella y trató de abrirle los labios con la lengua, todo se volvió repentinamente del revés: volvió en sí. Apretó con fuerza los dientes (sentía aquella materia extraña y amarga que se apretaba contra su paladar y le daba la sensación de que le llenaba toda la boca) y no se entregó; después le apartó suavemente y dijo:

—No. De verdad, por favor, mejor no.

Como seguía insistiendo, lo cogió por las muñecas y le reiteró su rechazo; después le dijo (le costaba trabajo hablar, pero sabía que tenía que hablar si quería que le hiciese caso) que era tarde para hacer el amor; le recordó su edad; si hacen el amor, le parecerá fea y eso sería desesperante para ella, porque lo que le ha dicho sobre ellos dos ha sido para ella enormemente hermoso e importante; su cuerpo es mortal y se estropea, pero ahora ella sabe que ha quedado de ese cuerpo algo inmaterial, algo parecido a un rayo de luz que sigue alumbrando aun cuando la estrella ya está apagada; qué importa que envejezca si dentro de alguien se conserva intacta su juventud.

—Me ha levantado un monumento dentro de usted mismo. No podemos permitir que se destruya. Entiéndame —se resistía—: No puede. No, no puede.

11

El le aseguró que seguía siendo hermosa, que en realidad nada había cambiado, que las personas siguen siendo las mismas, pero sabía que la engañaba y que era ella la que tenía razón: conocía perfectamente su hipersensibilidad hacia lo físico, el creciente rechazo que le producían los defectos externos del cuerpo femenino, que en los últimos años lo había llevado a buscar a mujeres cada vez más jóvenes y, por tanto, como advertía amargamente, cada vez más vacías y tontas; sí, no cabe duda: si la fuerza a hacer el amor, aquello terminará en repugnancia y esa repugnancia salpicará de barro no sólo el momento presente, sino también la imagen de la mujer a la que amó hace mucho tiempo, una imagen que conserva en su memoria como una joya.

Sabía todo eso, pero todo eso no eran más que pensamientos y los pensamientos nada pueden contra el deseo, que sólo sabía una cosa: la mujer cuya inaccesibilidad e inimaginabilidad le habían hecho sufrir durante quince años, esa mujer está aquí, por fin puede verla a plena luz, por fin puede leer en su cuerpo actual su cuerpo de entonces, en su rostro actual su rostro de entonces. Por fin puede leer su (inimaginable) gesticulación amorosa y su espasmo amoroso.

La cogió por los hombros y la miró a los ojos:

—No se me resista. No tiene sentido que se resista.

12

Pero ella movía la cabeza en señal de negativa porque sabía que sí tenía sentido que se resistiera, porque conoce a los hombres, su actitud con respecto al cuerpo femenino, porque sabe que ni el más encendido idealismo puede en el amor quitarle a la superficie del cuerpo su terrible validez; seguía teniendo, eso sí, una figura bastante aceptable que había conservado sus proporciones originales y, cuando se vestía, tenía un aspecto bastante juvenil, pero sabía que, en cuanto se desnude quedarán a la vista las arrugas de su cuello y se descubrirá la larga cicatriz que le ha dejado la operación de estómago que sufrió hace diez años.

Y a medida que volvía a tomar conciencia de su aspecto físico actual, del que se había alejado poco antes, ascendían desde la llanura de la calle hasta la ventana de esta habitación (hasta ahora le había parecido suficientemente elevada, por encima de su vida) las angustias de la mañana de hoy, llenaban la habitación, se posaban en los cristales de los cuadros, en el sillón, la mesa, la taza de café que había bebido, y aquella procesión estaba comandada por la cara del hijo; al verla se puso colorada y huyó hacia algún sitio en las profundidades de ella misma: qué ingenua, es-

tuvo a punto de pretender salirse de la senda que él
le había trazado y que hasta había recorrido sonriendo
y pronunciando discursos entusiásticos, estuvo a punto de pretender huir (al menos por un momento),
pero ahora tiene que regresar obediente y reconocer
que es la única senda que le corresponde. La cara del
hijo era tan sarcástica que sentía, avergonzada, que
ante él se volvía cada vez menor, hasta convertirse,
humillada, en una simple cicatriz en su propio estómago.

El anfitrión la tenía cogida por los hombros y le
repetía una vez más:

—No tiene sentido que se resista —y ella volvía la
cabeza hacía uno y otro lado, pero lo hacía de una
manera completamente mecánica, porque ante sus
ojos no estaba el anfitrión, estaban sus propios rasgos
juveniles en la cara del hijo-enemigo al que odiaba
tanto más cuanto más pequeña y humillada se sentía.
Le oyó echándole en cara la tumba desaparecida y en
ese momento saltó ilógicamente del caos de la memoria una frase que ella le arrojó con rabia a la cara:

—¡Los viejos muertos deben dejar sitio a los muertos jóvenes, muchacho!

13

No le cabía ni la menor duda de que aquello ter-
minaría realmente en repugnancia, ahora mismo, al
mirarla (con una mirada indagadora y penetrante), ya
se producía cierta repugnancia, pero lo curioso era
que aquello no le molestaba, por el contrario, le excitaba y le motivaba, como si desease aquella repugnancia: el deseo de coito se iba aproximando dentro de
él al deseo de repugnancia; el deseo de leer en su

cuerpo lo que durante tanto tiempo no le había sido permitido conocer se mezclaba con el deseo de degradar de inmediato lo que leyese.

¿De dónde provenía aquello? Tuviese o no conciencia de ello, el hecho es que se le presentaba una oportunidad única: su visitante representaba para él todo lo que no había obtenido, lo que se le había escapado, lo que se le había pasado, todo lo que con su ausencia hacía insoportable su edad actual con los cabellos que raleaban y aquel balance tristemente pobre; y él, teniendo conciencia de ello o sólo intuyéndolo vagamente, podía ahora restar importancia y colorido a aquellas satisfacciones de las que se había privado (porque era precisamente ese terrible colorido lo que hacía tan tristemente descolorida su vida), podía descubrir que eran insignificantes, que no eran más que apariencias y desaparición, que no eran más que polvo disfrazado, podía vengarse de ellas, humillarlas, destruirlas.

—No se resista —repitió tratando de atraerla hacia sí.

14

Seguía viendo ante sus ojos la sarcástica cara del hijo y ahora, cuando el anfitrión la atrajo con fuerza hacia sí, dijo:

—Por favor, déjeme, un momento —y se soltó; no quería interrumpir lo que se le pasaba por la cabeza: los muertos viejos deben dejar sitio a los muertos jóvenes y los monumentos no sirven para nada, su monumento, al que este hombre había rendido culto en su mente durante quince años, tampoco servía para nada, el monumento a su marido tampoco servía para nada, sí, muchacho, ningún monumento sirve para nada, le decía para sus adentros al hijo y veía con vengativa satisfacción cómo su cara se contraía y gritaba: «¡Nunca has hablado de ese modo, madre!».

Claro, sabía que nunca había hablado de ese modo, pero este momento estaba lleno de una luz bajo la cual todo se volvía completamente distinto:

No hay razón para dar prioridad a los monumentos ante la vida; su propio monumento sólo tiene en este momento una significación: puede utilizarlo en provecho de su despreciado cuerpo; el hombre que está sentado a su lado le gusta, es joven y probablemente (con casi total seguridad) es el último hombre que le gusta y que puede tener; y eso es lo único importante; si luego ella le repugna y él derriba su monumento, da lo mismo, porque el monumento está fuera de ella, igual que la mente de él y su memoria están fuera de ella, y todo lo que está fuera de ella da lo mismo. «¡Nunca has hablado de ese modo, madre!», oyó el grito del hijo, pero no le prestó atención. Sonrió.

—Tiene razón, ¿para qué me iba a resistir? —dijo en voz baja y se levantó.

Después empezó a quitarse lentamente el vestido. Aún faltaba mucho para que se hiciera de noche. Esta vez la habitación estaba completamente iluminada.

1

Cuando el doctor Havel se iba al balneario para someterse a tratamiento, su hermosa mujer tenía lágrimas en los ojos. Las tenía, por una parte, por compasión (Havel padecía desde hacía algún tiempo ataques de vesícula y ella, hasta entonces, nunca lo había visto sufrir), pero las tenía también porque las tres semanas de separación que le esperaban habían despertado en ella dolorosos celos. ¿Cómo? ¿Acaso podía una actriz como ella, admirada y hermosa, tantos años más joven, tener celos de un señor mayor, que en los últimos meses no salía de casa sin llevar en el bolsillo el frasco de tabletas contra los dolores que le atacaban a traición?

Era así, y no se sabe por qué le ocurría. Tampoco lo sabía muy bien el doctor Havel, porque también a él le había dado ella la impresión de ser una mujer que dominaba la situación sin que nada pudiera afectarla; precisamente por eso le encantó cuando, hace unos años, la conoció más de cerca y descubrió su sencillez, su apego al hogar y su inseguridad; fue curioso: incluso después de casarse, la actriz tampoco tomó para nada en cuenta la superioridad que le daba su juventud; estaba hechizada por el amor y por el terrible prestigio erótico de su marido, de modo que seguía pareciéndole huidizo e inalcanzable y, aunque él, con infinita paciencia (y total sinceridad), le explicaba a

179

diario que no había ni habría jamás ninguna otra que la aventajase, tenía dolorosos y salvajes celos de él; sólo su natural nobleza le permitía mantener tapada la olla en la que se cocía aquel feo sentimiento, que así hervía con mayor rapidez y la hacía sufrir aún más.

Havel se daba cuenta de todo, a veces se enternecía, a veces se enfadaba, a veces todo aquello le fatigaba, pero como quería a su mujer, hacía todo lo posible por aliviar sus sufrimientos. También en esta ocasión procuró ayudarla: exageraba tremendamente sus dolores y la gravedad de su estado de salud, porque sabía que el temor que le producía la enfermedad de él era para ella reconfortante y placentero, mientras que el miedo que le producía su salud (llena de infidelidades y misterios) la destrozaba; con frecuencia hablaba de la doctora Frantiska, que iba a atenderle en el balneario; la actriz la conocía y la imagen de su aspecto, totalmente bondadoso y totalmente alejado de cualquier idea lujuriosa, la consolaba.

Cuando el doctor Havel se sentó por fin en el autobús, mirando los ojos llorosos de la hermosa mujer que estaba en el andén, sintió, a decir verdad, un alivio, porque su amor no sólo era dulce, sino también difícil. Pero cuando llegó al balneario no se sintió muy bien. Después de tomar las aguas minerales con las que debía regar su aparato digestivo tres veces al día, tenía dolores, se sentía cansado y, cuando se topaba en el paseo con algunas mujeres guapas, comprobaba asustado que se sentía viejo y no tenía ganas de conquistarlas. La única mujer de la que podía disfrutar en cantidades ilimitadas era la buena de Frantiska, que le ponía inyecciones, le medía la tensión, le palpaba el estómago y le suministraba información sobre la vida en el balneario y sobre sus dos hijos, en particular sobre el chico que, decía, se parecía a su madre.

En semejante estado de ánimo recibió carta de su

mujer. ¡Ay Dios, esta vez su nobleza no había vigilado bien la tapadera de la olla en la que hervían los celos; era una carta llena de quejas y lamentaciones: no quiere echarle nada en cara, pero no puede dormir por las noches; sabe bien que lo importuna con su amor y se imagina lo feliz que estará ahora sin ella pudiendo tomarse un respiro; sí, ha comprendido que le resulta pesada; y sabe también que es demasiado débil para cambiar su destino, siempre atravesado por multitud de mujeres; sí, lo sabe, no protesta, pero llora y no puede dormir...

Cuando el doctor Havel leyó esta colección de gemidos, recordó los tres años que había pasado en vano tratando esforzadamente de convencer a su mujer de que era un mujeriego regenerado y un amante esposo; sintió un cansancio y una desesperación enorme. Furioso, arrugó la carta y la tiró a la papelera.

2

Curiosamente al día siguiente se sintió algo mejor; la vesícula ya no le dolía en absoluto y algunas de las mujeres a las que vio recorrer por la mañana el paseo, despertaron en él un ligero pero sensible deseo. Pero esta pequeña ganancia quedó devaluada por una constatación mucho peor: aquellas mujeres pasaban a su lado sin hacerle el menor caso; se confundía para ellas con otros sorbedores de agua en una misma achacosa procesión.

—Ves, la cosa mejora —dijo la doctora Frantiska cuando le palpó por la tarde—. Lo único que tienes que hacer es observar bien tu régimen. Por suerte las pacientes con las que te encuentras en el paseo son demasiado viejas y están demasiado enfermas como para intranquilizarte y eso es lo mejor que puede pasarte, porque necesitas reposo.

Havel se metió la camisa por dentro del pantalón; estaba de pie ante un pequeño espejo que colgaba en un rincón encima del lavabo y observaba con disgusto su cara. Después dijo con mucha tristeza:

—No tienes razón. Me fijé perfectamente en que junto a una mayoría de ancianas también recorre el paseo una minoría de mujeres bastante guapas. Lo malo es que ni siquiera me han mirado.

—Aunque creyese todo lo que dices, eso no me lo creería —le sonrió la médica, y el doctor Havel, apartando los ojos de la triste visión que le ofrecía el espejo, observó sus ojos confiados, fieles; sentía un gran agradecimiento hacia ella, aunque sabía que a través de ella no hablaba más que la confianza en la tradición, la confianza en el papel que le había visto desempeñar, con leve desaprobación (pero amorosamente) durante años.

Después alguien llamó a la puerta. Cuando Frantiska la entreabrió, se vio la cabeza de un hombre joven que saludaba con una inclinación.

—¡Ah, es usted! ¡Me había olvidado por completo! —hizo pasar al joven al consultorio y le explicó a Havel—: Hace ya dos días que te está buscando el redactor de la revista del balneario.

El joven empezó a pedir excusas por importunar al señor doctor en situación tan delicada empleando toda su verborrea y tratando (por desgracia de un modo forzado y desagradable) de encontrar un tono gracioso: el señor doctor no debía enfadarse con la señora doctora por haberle traicionado, porque el redactor hubiera dado igualmente con él, aunque fuera en la bañera del agua carbonatada; y tampoco debía enfadarse el señor doctor con él por su atrevimiento, porque ésta es una cualidad indispensable para la profesión periodística y sin ella no se ganaría la vida. Después se puso a hablar de la revista ilustrada que edita una vez al mes el balneario y explicó que en cada número suele haber una conversación con algún paciente importante que esté tomando las aguas en esos días; le puso como ejemplo varios nombres, uno de los cuales pertenecía a un miembro del Gobierno, otro a una cantante y otro a un jugador de hockey.

—Ya ves —dijo Frantiska—, las mujeres guapas no manifestaron interés por ti en el paseo, pero en cambio llamas la atención de los periodistas.

—Es una terrible decadencia —dijo Havel; de todos modos le agradó haber despertado aquel interés, le sonrió al redactor y rechazó su oferta con una insinceridad enternecedoramente visible—: Yo no soy miembro del Gobierno, ni jugador de hockey y aún menos cantante famoso. No quiero despreciar mis investigaciones científicas, pero eso les interesa más a los especialistas que al público en general.

—Pero si yo no quiero hacerle una entrevista a usted, eso ni siquiera se me pasó por la cabeza —respondió el joven con inmediata sinceridad—. Quisiera hacérsela a su mujer. He oído que iba a venir a visitarle al balneario.

—En ese caso está mejor informado que yo —dijo Havel con bastante frialdad; volvió a acercarse al espejo y se miró la cara, que no le gustó.

Se abrochó el último botón de la camisa y permaneció en silencio mientras el joven redactor se quedaba perplejo y perdía rápidamente el proclamado atrevimiento periodístico; le pidió disculpas a la médica, le pidió disculpas al doctor y se alegró de poder marcharse.

3

El redactor era más alocado que tonto. No tenía
el menor aprecio por la revista del balneario, pero
siendo como era el único miembro de la redacción, no
tenía más remedio que hacer todo lo posible para re-
llenar las veinticuatro páginas con las indispensables
fotografías y palabras. En verano era menos difícil,
porque el balneario estaba repleto de huéspedes importantes, las orquestas se turnaban para dar concier-
tos en el paseo y no faltaban las pequeñas noticias
sensacionalistas. En cambio, en los meses de frío, el
paseo se llenaba de mujeres de pueblo y de aburrimiento, de manera que no podía dejar escapar ninguna oportunidad. Ayer, cuando oyó en algún sitio que
estaba aquí tomando las aguas el marido de una actriz
conocida, precisamente la que sale en la nueva película de detectives que estas semanas entretiene con
bastante éxito a los aburridos huéspedes del balneario, olfateó e inmediatamente se lanzó en su bús-
queda.

Pero ahora le daba vergüenza.

Siempre se había sentido inseguro y por eso siempre dependía servilmente de las personas con las que
se relacionaba y en cuyas opiniones y miradas trataba
de averiguar con temor cómo era y cuánto valía. Ahora había llegado a la conclusión de que era considerado miserable, tonto, molesto y llevaba aquella carga
aún con mayor dificultad ya que el hombre que había
pronunciado esa condena le había resultado simpático
a primera vista. Por eso, perseguido por la incertidumbre, volvió a llamar ese mismo día por teléfono
a la doctora para preguntarle quién era en realidad el
marido de aquella actriz y enterarse de que no sólo
era un médico de renombre, sino además un hombre
muy famoso; ¿es que el redactor nunca había oído hablar de él?

El redactor reconoció que no y la médica dijo con bondadosa comprensión:

—Claro, es que usted es un crío. La especialidad en la que Havel ha descollado, afortunadamente no la conoce.

Al enterarse por medio de ulteriores preguntas a otras personas, de que la mencionada especialidad era la experiencia erótica, en la que al parecer Havel no tenía adversario en su patria, sintió vergüenza por haber sido considerado inexperto y por haberlo confirmado al reconocer que no había oído hablar de Havel. Y como siempre había soñado con ser algún día un experto como aquel hombre, le fastidiaba haberse comportado como un bobo antipático precisamente ante él, su maestro; repasó en su memoria su charlatanería, sus chistecillos estúpidos, su falta de tacto y coincidió humildemente con la justicia del castigo que el maestro le había impuesto con su silencioso rechazo y su ausente mirada al espejo.

La ciudad donde está el balneario y en la que tiene lugar esta historia no es grande y la gente suele encontrarse varias veces al día, queriendo o sin querer. Así pues no le fue difícil al redactor ver al hombre en quien pensaba. Era media tarde y bajo las columnas del paseo daba vueltas lentamente una multitud de enfermos de la vesícula. El doctor Havel sorbía de un cuenco de porcelana su agua maloliente y ponía bastante mala cara. El joven redactor se acercó a él y empezó a disculparse de un modo confuso. No había tenido la menor idea —dijo— de que el marido de la conocida actriz era precisamente él, el doctor Havel y no otro Havel; en Bohemia hay muchos Havel —dijo— y desgraciadamente el redactor no había relacionado al marido de la actriz con el célebre doctor del que por supuesto el redactor había oído hablar hace mucho tiempo y no sólo en tanto que médico de renombre, sino —si puede permitirse decirlo —también como protagonista de las más diversas historias y anécdotas.

No hay motivos para ocultar que al doctor Havel, en su mal humor, le agradó oír las palabras del joven y en particular las referidas a su fama, de la que Havel sabía perfectamente que estaba sometida a las leyes del envejecimiento y la desaparición, como el propio ser humano.

—No tiene por qué disculparse —le dijo al joven y, al ver su perplejidad, lo cogió suavemente del brazo haciendo que le acompañara en su recorrido por el paseo—. No vale la pena hablar de eso —lo consoló, pero él mismo comentaba con agrado sus disculpas y hasta preguntó varias veces—: ¿Así que ha oído usted hablar de mí? —poniendo siempre una sonrisa de felicidad.

—Sí —asentía con empeño el redactor—. Pero no me imaginaba que fuera usted así.

—¿Y cómo me imaginaba? —preguntó el doctor Havel con sincero interés y, al ver que el redactor balbuceaba algo sin saber qué decir, afirmó con nostalgia—: Ya sé. A diferencia de nosotros mismos, los personajes de las historias, las leyendas o las anécdotas están hechos de un material que no sufre los deterioros de la vejez. No, no quiero decir con eso que las leyendas y las anécdotas sean inmortales; naturalmente ellas también envejecen y junto con ellas envejecen también sus personajes, pero envejecen de tal modo que su aspecto no varía ni se deteriora, sino que va palideciendo lentamente, se vuelve transparente hasta confundirse finalmente con la pureza del espacio. Así se difuminará alguna vez el señor Cohen, el de las anécdotas judías, y también Havel el Coleccionista, pero lo mismo sucederá con Moisés y con Palas Atenea o con san Francisco de Asís; sin embargo tenga en cuenta que junto con san Francisco también palidecerán lentamente los pájaros que se posan sobre sus

186

hombros y el chucho que se frota contra su pierna y hasta el olivo que le da sombra, que todo su paisaje se volverá transparente junto con él y que junto a él se irá convirtiendo lentamente en un reconfortante azul celeste, mientras nosotros, querido amigo, desaparecemos ante un colorido paisaje de fondo que nos hace burla y a la vista de una vivificante juventud que nos hace burla.

Las palabras de Havel dejaron al joven confuso y entusiasmado y los dos siguieron paseando durante largo rato mientras oscurecía la tarde. Al despedirse, Havel afirmó que ya estaba cansado de guardar dieta y que al día siguiente le gustaría cenar como una persona; le preguntó al redactor si quería hacerle compañía.

Por supuesto quería.

4

—No se lo diga a la doctora —dijo Havel tras sentarse a la mesa frente al redactor y coger la carta—, pero tengo una concepción particular del régimen: evito estrictamente todas las comidas que no me gustan.

Después le preguntó al joven si quería tomar un aperitivo. El redactor no estaba acostumbrado a tomar aperitivo antes de comer y, como no se le ocurría otra cosa, dijo:

—Un vodka.

El doctor Havel puso cara de disgusto:

—El vodka huele a alma rusa.

—Es verdad —dijo el redactor y a partir de ese momento se encontró perdido.

Se sentía como un estudiante haciendo la reválida. No trataba de decir lo que pensaba y de hacer lo que quería, sino que procuraba que los miembros del tribunal estuviesen contentos; trataba de adivinar sus pensamientos, sus manías, sus gustos; deseaba ser digno de ellos. No hubiera admitido por nada del mundo que sus cenas solían ser elementales y malas y que no tenía la menor idea del tipo de vino que correspondía a cada tipo de carne. Y el doctor Havel le torturaba sin darse cuenta al consultar permanentemente con él antes de elegir la entrada, el primer plato, el vino y el queso.

Tras comprobar que en la asignatura de gastronomía el tribunal le había restado muchos puntos, intentó compensar la pérdida incrementando su aplicación, y ya en el descanso entre la entrada y el primer plato se puso a mirar llamativamente a las mujeres presentes en el restaurante; después trató de demostrar con algunos comentarios su interés y sus conocimientos. Pero le volvió a salir mal. Cuando afirmó, refiriéndose a una dama pelirroja sentada dos mesas mas allá, que sería seguramente muy buena amante, Havel le preguntó, sin mala intención, qué motivos tenía para decirlo. El redactor respondió de una manera vaga y, cuando el doctor le preguntó por sus experiencias con las pelirrojas, se lió diciendo mentiras poco creíbles y finalmente se calló.

En cambio el doctor Havel se encontraba a gusto y relajado en compañía de la admiración que expresaban los ojos del redactor. Pidió una botella de vino tinto para acompañar la carne y el joven, azuzado por el vino, hizo un nuevo intento de merecer las simpatías del maestro; empezó a hablarle de una chica a la que había descubierto hacía poco tiempo y a la que trata de conquistar desde hace varias semanas, dijo, con grandes posibilidades de éxito. Su exposición no fue demasiado amplia y la artificial sonrisa que cubría su cara y pretendía con premeditada ambigüedad decir lo que no había sido dicho, no era capaz de expresar más que una disimulada inseguridad. Havel lo percibía perfectamente y por eso, movido por la compasión, le preguntó al redactor por las más diversas características físicas de la mencionada chica, a fin de permitirle tratar de su tema preferido el mayor tiempo posible para que pudiese hablar con mayor soltura. Pero el joven volvió a fallar de una forma increíble: sus respuestas eran notoriamente inconcretas; resultó que no era capaz de describir con suficiente precisión ni la arquitectura general del cuerpo de la chica ni sus diversos detalles y menos aún su forma de pensar. De modo que el doctor Havel terminó por ponerse a hablar él mismo y, embriagado por lo placentero de la noche y por el vino, envolvió al redactor en un ingenioso monólogo en el que se mezclaban sus propios recuerdos con historias y ocurrencias.

El redactor daba sorbos a su copa, escuchaba y experimentaba una sensación ambigua: en primer lugar era desgraciado: percibía su insignificancia y su idiotez, se sentía como un fallido aprendiz frente a un maestro infalible y le daba vergüenza abrir la boca; pero al mismo tiempo también estaba feliz: se sentía halagado porque el maestro estuviese sentado frente a él, charlando con él como un amigo y confiándole las más diversas ocurrencias, valiosas y atrevidas.

Havel ya llevaba demasiado tiempo hablando cuando el joven sintió deseos de abrir al menos la boca, de aportar algo, de contribuir, de demostrar su capacidad de colaboración; por eso volvió a hablar de su chica y le pidió amistosamente a Havel que mañana le echase una mirada; que le dijese su parecer desde la perspectiva de su experiencia; en otras palabras que se la (sí, empleó caprichosamente esa palabra) recepcionase.

¿Cómo se le ocurrió? ¿Fue sólo una idea impremeditada, producto del vino y del ardiente deseo de decir algo?

Por más espontánea que fuera la idea, lo cierto es

que el redactor perseguía con ella al menos un triple beneficio:

— la conspiración para la evaluación conjunta y secreta (la recepción) establecerá entre él y el maestro un lazo de confianza, reafirmará la camaradería, serán compinches, tal como anhela el redactor;

— si el maestro manifiesta su aprobación (y el joven esperaba que lo hiciera porque estaba considerablemente entusiasmado con la mencionada chica) eso implicará un reconocimiento para el joven por su vista y su buen gusto, de modo que a los ojos del maestro pasará de aprendiz a oficial y también para él mismo será más importante de lo que era;

— y finalmente: también la chica significará para el joven más de lo que significaba y el placer que experimentaba en su presencia dejará de ser un placer ficticio y se volverá real (porque el joven era consciente a veces de que el mundo en que vive es un laberinto de valores cuya importancia intuye apenas vagamente y que, por lo tanto, sólo pueden dejar de ser valores aparentes y convertirse en valores reales cuando hayan sido *confirmados*).

5

Cuando el doctor Havel se despertó al día siguiente, sintió que, tras la cena de la noche anterior, le dolía un poco la vesícula; y al mirar el reloj, comprobó que dentro de media hora tenía que estar en la sala de curas y que por lo tanto debía darse prisa, que era lo que menos le gustaba hacer en la vida; al peinarse vio en el espejo una cara que no le gustó. El día empezaba mal.

Ni siquiera tuvo tiempo de desayunar (también lo consideró un mal presagio, porque era partidario de llevar un tren de vida regular) y se dio prisa por llegar al edificio del balneario. Había un pasillo largo con muchas puertas y a una de ellas se asomó una rubia guapa con bata blanca; le recriminó disgustada su retraso y lo hizo pasar. El doctor Havel se estaba desnudando en la cabina, tapado por una cortina, cuando oyó:

—¡Vamos, rápido! —la voz de la masajista era cada vez menos amable y a Havel le resultaba ofensiva y le producía deseos de venganza (¡cuidado, a lo largo de los años el doctor Havel se había acostumbrado a vengarse de las mujeres de una sola manera!).

Se quitó entonces los calzoncillos, metió la barriga hacia adentro, hinchó el pecho y se dispuso a salir de la cabina; pero disgustado por semejante falta de dignidad, que en otros le resultaba ridícula, volvió a soltar la barriga cómodamente y con una indiferencia que, a su juicio, era la única actitud digna de él, avanzó hacia la gran bañera y se sumergió en el agua templada.

La masajista, absolutamente indiferente hacia su pecho y su barriga, daba vueltas entretanto a varios grifos en un gran panel y cuando el doctor Havel se estiró, acostado en el fondo de la bañera, cogió su pierna derecha y colocó junto a la planta del pie la boquilla de una manguera de la que salía un fuerte chorro. El doctor Havel, que tenía cosquillas, dio un tirón a la pierna y la masajista tuvo que llamarle la atención.

Seguramente no hubiera sido difícil sacar a la rubia de su fría descortesía con algún chiste, una historia o una pregunta graciosa, pero Havel estaba demasiado irritado y ofendido como para eso. Se dijo que la rubia era digna de castigo y no merecía que le facilitase las cosas. En el momento en que le pasaba la manguera por las partes blandas y él se tapaba con las manos el miembro para que no le hiciese daño el

fuerte chorro de agua, le preguntó qué plan tenía
para la noche. Sin mirarlo le preguntó para qué quería saberlo. Havel le explicó que vivía solo en una habitación individual y que quería que fuese aquella noche a visitarle.

—Me parece que se confunde usted —dijo la rubia y le indicó que se pusiese boca abajo.

Y así estaba el doctor Havel acostado boca abajo
en el fondo de la bañera, levantando la barbilla para
poder respirar. Sentía el fuerte chorro que le masajea-
ba los muslos y estaba contento por haberle hablado
a la masajista tal como correspondía. El doctor Havel
castigaba desde hacía mucho tiempo a las mujeres re-
beldes o caprichosas llevándoselas a la cama fríamen-
te, sin la menor ternura, casi sin hablar y despidién-
dolas con el mismo tono gélido. Pero al cabo de un
rato cayó en la cuenta de que efectivamente le había
hablado a la masajista con la adecuada frialdad, pero
que a la cama no se la había llevado y seguramente
no se la llevaría. Comprendió que había sido rechazado y que aquélla era una nueva ofensa. Por eso se alegró cuando se vio ya en la cabina frotándose con la
toalla.

Después salió aprisa del edificio y fue rápidamente
hasta la cartelera del cine Tiempo; allí había tres fotografías expuestas y en una de ellas estaba su mujer
arrodillada junto a un cadáver, horrorizada. El doctor
Havel miró aquel rostro tierno, retorcido por el pánico
y sintió un inmenso amor y una inmensa nostalgia.
Tardó mucho en ser capaz de alejarse de la cartelera.
Decidió que iría a ver a Frantiska.

6

—Hazme el favor, pide línea para una llamada interurbana, tengo que hablar con mi mujer —le dijo en cuanto ella despidió al paciente y le invitó a pasar al consultorio.

—¿Pasa algo?

—Sí —dijo Havel—, ¡la extraño!

Frantiska le miró desconfiada, marcó el número de la centralita y pidió el número que Havel le dictó. Después colgó el aparato y dijo:

—¿Tú la extrañas?

—¿Y por qué no la iba a extrañar? —se enfadó Havel—. Eres igual que mi mujer. Veis en mí a alguien que hace ya mucho tiempo que no soy. Soy humilde, estoy abandonado, estoy triste. Me pesan los años. Y te digo que no es nada agradable.

—Deberías tener hijos —le respondió la doctora—. No pensarías tanto en ti mismo. A mí también me pesan los años pero no pienso todo el tiempo en eso. Cuando veo a mi hijo que va dejando de ser un niño y se convierte en un muchacho, pienso en cómo será cuando sea un hombre y no me lamento por el paso del tiempo. Imagínate lo que me dijo ayer: ¿Para qué sirven los médicos si todas las personas se mueren? ¿Qué te parece? ¿Qué le habrías contestado?

Por suerte el doctor Havel no tuvo que contestar, porque en ese momento sonó el teléfono. Levantó el auricular y en cuanto oyó la voz de su mujer empezó a decirle que estaba triste, que no tenía con quien hablar, a quien mirar, que ya no aguantaba solo.

En el auricular se oía una vocecita fina, al comienzo desconfiada, casi llorosa, que empezó a caldearse ligeramente bajo la presión de las palabras del marido.

—¡Por favor, ven a verme, ven a verme en cuanto puedas! —dijo Havel y oyó a su mujer contestar que le gustaría pero que tenía función casi todos los días.

—Casi todos los días no es todos los días —dijo Havel y oyó que su mujer tenía libre el día siguiente, pero que no sabía si valía la pena ir sólo por un día.

—¿Cómo puedes decir eso? ¿Acaso no sabes la riqueza que representa un día en esta vida tan breve?

—¿De verdad no estás enfadado conmigo? —preguntó una vocecita fina por el auricular.

—¿Por qué me iba a enfadar? —se enfadó Havel.

—Por esa carta. Tú estás con dolores y yo te doy la lata con una carta estúpida como ésa, llena de celos.

El doctor Havel cubrió el aparato de ternura y su mujer afirmó (con voz ya completamente recuperada) que vendría mañana.

—De todos modos te envidio —dijo Frantiska cuando Havel colgó el teléfono—. Lo tienes todo. Chicas a cada paso y además un matrimonio feliz.

Havel miró a su amiga que hablaba de envidia pero que de pura bondad seguramente era por completo incapaz de envidiar a nadie y le dio lástima, porque sabía que la satisfacción que dan los hijos no puede reemplazar a otras satisfacciones y que además una satisfacción que tiene la obligación de cubrir el puesto de otras satisfacciones se convierte rápidamente en una satisfacción demasiado cansada.

Luego se fue a comer, después de comer durmió la siesta y al despertar se acordó de que el joven redactor le esperaba en el café para enseñarle a su chica. Así que se vistió y salió. Al bajar por las escaleras del sanatorio vio en el vestíbulo, junto al guardarropas, a una mujer alta parecida a un hermoso caballo de carreras. Ay, eso no debía haber ocurrido; ese tipo de mujeres siempre le habían gustado endiabladamente a Havel. La encargada del guardarropas le estaba dando a la mujer alta su abrigo y el doctor Havel se aproximó rápidamente para ayudarla a ponérselo. La mujer parecida a un caballo le dio las gracias con indiferencia y Havel dijo:

—¿Puedo hacer algo más por usted? —le sonrió, pero ella le respondió que no sin sonreír y abandonó rápidamente el edificio.

Havel sintió como si le hubieran dado una bofetada y en su renovado estado de orfandad se dirigió al café.

7

El redactor llevaba ya un buen rato sentado con su chica (había elegido un sitio desde el cual se veía la puerta) y era absolutamente incapaz de centrarse en la conversación que en otras oportunidades fluía alegre e incansable entre ellos. Aguardaba nervioso la llegada de Havel. Hoy había intentado por primera vez mirar a la chica con ojo crítico y mientras ella le contaba quién sabe qué (por fortuna no dejaba, en efecto, de contarle quién sabe qué, de modo que la inquietud del joven no se notaba), había descubierto algunos pequeños defectos en su belleza; aquello lo había intranquilizado mucho, aunque de inmediato se convenció de que aquellos pequeños defectos en realidad hacían que su belleza fuese más interesante y eran precisamente los que lograban que todo su ser fuese para él algo tiernamente familiar.

Y es que el joven quería a la chica.

Pero si la quería, ¿por qué había aceptado una ocurrencia tan humillante para ella como ésta de recepcionarla en colaboración con el pervertido doctor? Y si le damos una especie de absolución, aceptando que aquello no era para él más que un juego infantil, ¿cómo es que un simple juego lo ponía tan nervioso e intranquilo?

No era un juego. El joven realmente no sabía cómo era su chica, no era capaz de emitir un juicio sobre su belleza y su atractivo.

¿Acaso era tan ingenuo y absolutamente inexperto que no diferenciaba una chica guapa de una fea?

No, el joven no era tan inexperto, había entablado ya relaciones con un par de mujeres y había tenido con ellas más de un lío, pero siempre se había fijado mucho más en sí mismo que en ellas. Fíjense por ejemplo en este curioso detalle: el joven recuerda perfectamente la ropa que llevaba con cada una de esas mujeres, sabe que en tal o cual ocasión llevaba unos pantalones excesivamente anchos y que sufría sabiendo que le quedaban mal, sabe que en otra ocasión tenía puesto un suéter blanco con el que se sentía como un elegante deportista, pero no tiene la menor idea de cómo iban vestidas sus amigas.

Sí, es curioso: en el transcurso de sus breves relaciones llevaba a cabo ante el espejo prolongados y detallados estudios de sí mismo, mientras que a sus compañeras femeninas sólo las percibía de forma global, en conjunto; era mucho más importante para él la forma en que lo veían los ojos de su acompañante que la impresión que su acompañante le causaba a él. Esto no significa que no le importara que la chica con la que salía fuera guapa o no. Le importaba. Porque no sólo era visto por los ojos de su acompañante, sino que los dos juntos eran vistos y valorados por los ojos de otros (los ojos del mundo), y a él le importaba mucho que el mundo estuviese satisfecho de su chica, porque sabía que, al valorarla a ella, se valoraba su elección, su buen gusto, su nivel, se le valoraba, por tanto, a él mismo. Pero precisamente por tratarse de la valoración de otros, no confiaba demasiado en sus propios ojos, sino que hasta ahora le había bastado con prestar oído a la voz de la opinión general e identificarse con ella.

Pero ¿cómo se podía comparar la voz de la opinión general con la voz de un maestro y un experto? El redactor miraba impaciente hacia la puerta y, cuando por fin vio a Havel entrar por la puerta de cristal, puso cara de sorpresa y le dijo a la chica que por pura casualidad acababa de entrar un hombre excepcional al que quería hacerle, dentro de unos días, una entrevista para su revista. Se levantó a saludar a Havel y lo condujo hasta la mesa. La chica, tras una breve interrupción para las presentaciones, volvió pronto a encontrar el hilo de su ininterrumpido parloteo y continuó hablando.

El doctor Havel, rechazado diez minutos antes por la mujer parecida a un caballo de carreras, miraba a la chiquilla habladora y se hundía cada vez más en su mal humor. La chiquilla no era una belleza, pero era bastante simpática y no cabe duda de que el doctor Havel (del que se decía que era como la muerte y arramplaba con todo), la habría aceptado en cualquier momento y además muy a gusto. Tenía varios rasgos que presentaban una particular ambigüedad estética: tenía sobre la nariz un pequeño rosetón de pecas doradas, lo cual podía ser visto como un defecto en la blancura de la piel pero también, por el contrario, como un encanto natural; era muy frágil, lo cual podía interpretarse como una insuficiente adecuación a las proporciones femeninas ideales pero también, por el contrario, como la excitante finura de una mujer que sigue siendo niña; era enormemente habladora, lo cual podía ser interpretado como molesta charlatanería pero también, por el contrario, como una ventajosa cualidad que le permitía a su acompañante dedicarse sin ser advertido a sus propios pensamientos, siempre a cubierto bajo la bóveda de sus palabras.

El redactor observaba en secreto y angustiado la cara del doctor y como le parecía que estaba peligrosamente (y para sus esperanzas negativamente) reconcentrada, llamó al camarero y pidió tres coñacs. La chica dijo que no bebería y después se dejó convencer al cabo de una larga discusión acerca de que podía y debía beber, y el doctor Havel advertía consternado que aquel ser estéticamente ambiguo, que manifestaba con un río de palabras toda la simplicidad de su vida interior, habría sido con toda probabilidad su tercer fracaso del día, porque él, el doctor Havel, otrora poderoso como la muerte, ya no es el que era.

El camarero trajo después el coñac, los tres levantaron sus copas para el brindis y el doctor Havel miró a los ojos azules de la chica como a los ojos adversos de alguien que no le pertenecería. Al comprender plenamente que aquellos ojos eran sus enemigos, les retribuyó su enemistad y de pronto vio ante sí a un ser estéticamente unívoco: una chiquilla enfermiza, con la cara manchada por la suciedad de las pecas, insoportablemente charlatana.

Pese a que esa transformación reconfortara a Havel y a que también lo reconfortaran los ojos del joven, que pendían de él con angustiada incertidumbre, eran dos alegrías demasiado pequeñas en comparación con la profundidad del malhumor que le traspasaba. Havel pensó que no debía prolongar aquel encuentro que no le proporcionaba felicidad alguna; por eso tomó rápidamente la palabra, les dijo al joven y la chiquilla un par de frases ingeniosas, expresó luego su satisfacción por haber podido pasar con ellos un rato agradable, aseguró que tenía prisa y se despidió.

Cuando Havel había llegado ya a la puerta de cristal, el joven se llevó la mano a la frente y le dijo a la muchacha que había olvidado por completo fijar con el doctor la fecha para la entrevista. Salió apresuradamente del café y alcanzó a Havel en la calle.

—Bueno, ¿qué le parece? —preguntó.

Havel miró largamente a los ojos del joven, cuya

rendida impaciencia le producía una sensación de calidez.

En cambio al redactor el silencio de Havel lo dejó congelado, de modo que empezó a retroceder ya por adelantado:

—Ya sé que no es una belleza...

Havel dijo:

—No, no es una belleza.

El redactor agachó la cabeza:

—Habla un poco de más. ¡Pero aparte de eso es agradable!

—Sí, es una chica realmente agradable —dijo Havel—, pero agradable también puede serlo un perro, un canario o un patito que pasea por el patio. De lo que se trata en la vida no es, querido amigo, de conquistar la mayor cantidad posible de mujeres, porque ése es un éxito demasiado superficial. Se trata más bien de cultivar las exigencias que uno mismo se plantea, porque en ellas se refleja la medida de su propio valor. Recuerda, amigo, que el buen pescador devuelve los peces pequeños al agua.

El joven empezó a pedir disculpas y afirmó que él mismo tenía ya considerables dudas con respecto a la chica, como lo demuestra el haberle pedido su opinión a Havel.

—No es nada —dijo Havel—, no se preocupe por eso.

Pero el joven continuó con sus disculpas y sus excusas y señaló que en otoño había escasez de mujeres guapas en el balneario y que por eso uno tiene que conformarse con lo que haya.

—En eso no estoy de acuerdo con usted —lo rechazó Havel—. He visto a algunas mujeres excepcionalmente atractivas. Y le diré una cosa. Existe cierta apariencia externa agradable que la estética provinciana considera, erróneamente, bella. Pero aparte de eso existe también la verdadera belleza erótica de la mu-

jer. Saber reconocerla a simple vista no es, naturalmente, nada fácil. Es un arte. —Después le dio la
mano al joven y se alejó.

8

El redactor cayó en una terrible depresión: comprendió que era un idiota incorregible, perdido en el
inconmensurable (sí, le parecía inconmensurable e infinito) desierto de su propia juventud; se dio cuenta
de que había merecido la reprobación del doctor Havel; y no le cabía la menor duda de que su chica era
vulgar, insignificante y fea. Cuando volvió a sentarse
junto a ella en el café, le pareció que todos los clientes, y hasta los dos camareros que iban de mesa en
mesa, lo sabían y se compadecían maliciosamente de
él. Pidió la cuenta y le explicó a la chica que tenía un
trabajo pendiente que no podía postergar y que debía
marcharse ya. La chiquilla se puso triste y al joven se
le encogió el corazón: pese a saber que como buen
pescador la estaba devolviendo al agua, en lo más profundo de su alma (secreta y vergonzantemente) seguía
queriéndola.

Tampoco la mañana siguiente trajo luz alguna a
su fúnebre humor y, cuando vio al doctor Havel atravesando la plaza del balneario en dirección a donde
él estaba, acompañado por una elegante mujer, sintió
una envidia casi dolorosa: aquella dama era casi escandalosamente hermosa y el humor del doctor Havel, que enseguida le saludó con un alegre gesto, casi
escandalosamente eufórico, de tal manera que el redactor, ante su luminosa presencia, se sintió aún más
desgraciado.

—Es el redactor de la revista local; se ha hecho

amigo mío sólo para conocerte a ti —dijo Havel presentándole a la hermosa mujer.

Cuando se dio cuenta de que estaba ante él la mujer a la que conocía de verla en el cine, su inseguridad se hizo aún mayor; Havel le obligó a pasear con ellos y el redactor, como no sabía qué decir, empezó a exponer su proyecto periodístico y lo amplió con una nueva ocurrencia: podía hacer para la revista una entrevista con los dos esposos juntos.

—Pero querido amigo —le reprochó Havel—, las conversaciones que hemos mantenido han sido agradables y, gracias a usted, incluso interesantes, pero ¿para qué íbamos a publicarlas en una revista destinada a enfermos de vesícula y propietarios de úlceras de duodeno?

—Ya me imagino cómo habrán sido esas conversaciones —sonrió la señora Havlova.

—Hemos estado hablando de mujeres —dijo el doctor Havel—. Encontré para este tema en el redactor a un excelente compañero de debates, al luminoso amigo de mis desapacibles días.

La señora Havlova se dirigió al joven:

—¿No le aburrió?

El redactor estaba encantado de que el doctor le hubiese llamado su luminoso amigo y su envidia empezó nuevamente a mezclarse con una agradecida entrega; afirmó que más bien había sido él quien probablemente había aburrido al doctor; es perfectamente consciente de su inexperiencia y de lo poco interesante que resulta, y hasta de su insignificancia, añadió.

—Ay, querido —rió la actriz—, ¡la de faroles que te habrás tenido que echar!

—No es verdad —defendió el redactor al doctor Havel—. Es que usted no sabe, estimada señora, lo que es una ciudad pequeña, lo que es vivir aquí, en el quinto pino.

—¡Pero si es precioso! —protestó la actriz.

—Claro, para usted que ha venido a pasar un rato. Pero yo vivo aquí y aquí me quedaré. Siempre la misma gente, todos piensan lo mismo y lo que piensan no son más que superficialidades y tonterías. Quiéralo o no, tengo que llevarme bien con ellos y ni siquiera me doy cuenta de que poco a poco me voy adaptando a ellos. ¡Me horroriza pensar que puedo convertirme en uno de ellos! ¡Me horroriza pensar en llegar a ver el mundo con la misma miopía que ellos!

El redactor hablaba con creciente ímpetu y a la actriz le parecía oír en sus palabras el soplo de la eterna protesta de la juventud; aquello despertó su interés, aquello la entusiasmó y dijo:

—¡No debe adaptarse! ¡No debe!

—No debo —asintió el joven—. El doctor ayer me abrió los ojos. Cueste lo que cueste tengo que salir del círculo vicioso de este ambiente. Del círculo vicioso de esta pequeñez, de esta medianía. Salir —repitió el joven—, salir.

—Estuvimos hablando —le explicó Havel a su mujer— de que la sensibilidad vulgar de provincias crea un falso ideal de belleza que es esencialmente no erótico y hasta antierótico, mientras el verdadero encanto erótico explosivo no es percibido por esta sensibilidad. Pasan a nuestro lado mujeres capaces de arrastrar a un hombre a las más vertiginosas aventuras de los sentidos y nadie las ve.

—Así es —confirmó el joven.

—Nadie las ve —prosiguió el doctor —porque no responden a las normas de los modistos locales; y es que el encanto erótico se manifiesta más en la deformación que en la regularidad, más en la exageración que en la proporcionalidad, más en lo original que en lo que está hecho en serie, por bonito que quede.

—Sí —asintió el joven.

—Conoces a Frantiska —le dijo Havel a su mujer.

—La conozco —dijo la actriz.

202

—Y ya sabes cuántos de mis amigos darían toda
su fortuna por pasar una noche con ella. Me apuesto
la cabeza a que en esta ciudad nadie le presta atención. Dígame usted, que ya conoce a la doctora, ¿alguna vez se ha fijado en lo extraordinaria que es?

—¡No, de verdad que no! —dijo el joven—.
¡Nunca se me había ocurrido fijarme en ella como
mujer!

—Claro —dijo Havel—. Le pareció poco delgada.
Echó en falta las pecas y la charlatanería.

—Sí —dijo el joven compungido—, ayer ya se dio
usted cuenta de lo estúpido que soy.

—¿Pero se ha fijado alguna vez en su forma de
andar? —continuó Havel—. ¿Se ha dado cuenta de
que cuando anda es como si sus piernas hablasen?
Amigo redactor, si oyese usted lo que dicen esas piernas, se pondría colorado, a pesar de que sé que es usted, por lo demás, un avezado seductor.

9

—Le tomas el pelo a la pobre gente —le dijo la
actriz a su marido cuando se despidieron del redactor.

—Ya sabes que eso es en mí síntoma de buen humor. Y te juro que es la primera vez que lo tengo desde que estoy aquí.

Esta vez el doctor Havel no mentía; cuando vio,
poco antes del mediodía, que el autobús llegaba a la
estación, cuando vio a su mujer sentada tras el cristal
y la vio luego sonreír en la escalerilla, se sintió feliz,
y como los días anteriores habían dejado intactas sus
reservas de alegría, manifestó durante todo el día una
satisfacción casi alocada. Recorrieron juntos el paseo,
mordisquearon obleas dulces, visitaron a Frantiska

para recibir información fresca sobre las más recientes frases de su hijo, dieron con el redactor el paseo descrito en el capítulo anterior y se rieron de los pacientes que paseaban por las calles por motivos de salud. Con tal motivo, el doctor Havel se dio cuenta de que algunos viandantes miraban fijamente a la actriz; se giró y comprobó que se detenían y seguían mirándolos.

—Te han descubierto —dijo Havel—. Aquí la gente no tiene nada que hacer y asiste apasionadamente al cine.

—¿Te molesta? —le preguntó la actriz, para quien la popularidad que le daba su profesión era algo de lo que de algún modo se sentía culpable, porque anhelaba, como todos los verdaderos enamorados, un amor callado y oculto.

—Al contrario —dijo Havel y se rió.

Después se entretuvo durante largo rato jugando al infantil juego de adivinar quién reconocería a la actriz y quién no, apostando con ella cuántas personas la reconocerían en la próxima calle. Y se volvían los abuelos, las campesinas, los niños y hasta las pocas mujeres guapas que había en aquella época en el balneario.

Havel, que había pasado los últimos días en una humillante invisibilidad, estaba agradablemente complacido por la atención que despertaban y deseaba que los rayos de interés cayesen también, en la mayor medida posible, sobre él; por eso rodeaba a la actriz por la cintura, se inclinaba hacia ella, le susurraba al oído las más diversas palabras tiernas o lascivas, de modo que ella también, como recompensa, se apretaba contra él y elevaba hacia él sus alegres ojos. Y bajo tantas miradas, Havel sentía que era otra vez visible, que sus borrosos rasgos se hacían expresivos y notorios y se sentía otra vez orgullosamente satisfecho de su cuerpo, de su manera de andar, de su ser.

Mientras vagaban así por la calle principal, enlaza-

dos como dos amantes mirando los escaparates, Havel
vio en una tienda de artículos de caza a la masajista
rubia que tan mal le había tratado ayer; la tienda estaba vacía y ella charlaba con la vendedora.

—Ven —le dijo a su sorprendida mujer—, eres la
mejor persona del mundo; quiero hacerte un regalo
—y la cogió de la mano y la condujo a la tienda.

Las dos mujeres que estaban de charla se callaron;
la masajista miró largamente a la actriz, después brevemente a Havel, otra vez más a la actriz y otra vez
a Havel; Havel registró aquello con satisfacción, pero
sin dedicarle ni una mirada examinó rápidamente la
mercancía expuesta; vio cornamentas, bolsos, escope-
tas, prismáticos, bastones, bozales para perros.

—¿Qué desea? —le preguntó la dependienta.

—Un momento —dijo Havel; por fin vio bajo el
cristal del mostrador unos silbatos negros; le indicó
que le enseñara uno.

La vendedora se lo dio, Havel se llevó el silbato a
la boca, silbó, después lo examinó desde todos los ángulos y volvió a silbar suavemente.

—Estupendo —lo elogió a la dependienta y puso
ante ella el billete de cinco coronas que le había sido
solicitado. El silbato se lo entregó a su mujer.

La actriz vio en el regalo el adorado infantilismo
de su marido, su gamberrismo, su sentido para lo absurdo y le dio las gracias con un mirada hermosa, enamorada. Pero a Havel le pareció poco:

—¿Ese es todo tu agradecimiento por un regalo
tan bonito? —le susurró.

Entonces la actriz le besó. Las dos mujeres no les
quitaron los ojos de encima ni siquiera mientras salían
ya de la tienda.

Y volvieron a vagar por las calles y el parque, mor-
disqueando obleas, tocando el silbato, sentándose en
un banco y apostando cuántas personas se volverían
para mirarlos. Por la noche, cuando entraban en el

restaurante, casi chocaron con la mujer parecida a un caballo de carreras. Los miró sorprendida, largamente a la actriz, brevemente a Havel, otra vez a la actriz y cuando volvió a mirar a Havel le hizo involuntariamente una inclinación con la cabeza. Havel también inclinó la cabeza y después, inclinándose hasta el oído de su mujer, le preguntó en voz muy baja si le quería. La actriz lo miró con cara de enamorada y le hizo una caricia en la mejilla.

Después se sentaron a la mesa, comieron con moderación (porque la actriz vigilaba atentamente el régimen de Havel), bebieron vino tinto (porque era lo único que Havel podía beber) y la señora Havlova se sintió enternecida. Se inclinó hacia su marido, le cogió la mano y le dijo que aquél era uno de los días más bonitos de su vida; le confesó que se había quedado muy triste al marcharse él; le volvió a pedir perdón por aquella carta alocada, llena de celos y le dio las gracias por haberla llamado para que viniese; le dijo que hubiera valido la pena venir a verlo aunque sólo fuera por un minuto; después empezó a contarle que la vida con él era para ella una vida llena de intranquilidad e inseguridad, que era como si Havel estuviera eternamente escapándosele, pero que precisamente por eso cada día era para ella una vivencia nueva, un nuevo enamoramiento, un nuevo regalo.

Después fueron a la habitación de Havel, que sólo tenía una cama de una plaza, y la alegría de la actriz pronto llegó a su culminación.

10

Dos días más tarde el doctor Havel volvió de nuevo a someterse al masaje denominado subacuático y volvió a llegar un poco tarde porque, a decir verdad, jamás llegaba a tiempo a ninguna parte. Y de nuevo estaba allí la masajista rubia, sólo que esta vez no le puso mala cara, sino que por el contrario le sonrió y le llamó *doctor*, de lo cual Havel dedujo que había ido a la oficina a leer su ficha o había preguntado por él. El doctor Havel registró aquel interés con satisfacción y empezó a desnudarse tras la cortina de la cabina. Cuando la masajista le comunicó que la bañera estaba llena, salió confiado con la barriga por delante y se sumergió con satisfacción en el agua.

La masajista abrió uno de los grifos del panel y le preguntó si su mujer estaba aún en el balneario. Havel manifestó que no y la masajista le preguntó si su mujer iba a volver a actuar en alguna película tan bonita como la anterior. Havel manifestó que sí y la masajista le levantó la pierna derecha. Cuando el chorro de agua le hizo cosquillas en la planta del pie, la masajista sonrió y dijo que parecía que el doctor tenía un cuerpecito muy sensible. Después siguieron hablando y Havel comentó que el balneario era un aburrimiento. La masajista sonrió con picardía y dijo que estaba segura de que el doctor sabía ingeniárselas para no aburrirse. Y cuando se inclinó profundamente hacia él para pasarle la boquilla de la manguera por el pecho y Havel elogió sus senos, cuya mitad superior veía perfectamente desde su situación, la masajista respondió que seguramente el doctor ya los habría visto más bonitos.

Todo aquello hizo pensar a Havel que, evidentemente, la breve presencia de su mujer le había transformado por completo a los ojos de aquella encantadora y musculosa chica, que de pronto le había hecho adquirir gracia y encanto y, lo que era aún más importante, que el cuerpo de él era indudablemente para ella una oportunidad para entrar secretamente en confianza con la conocida actriz, para ponerse a la altura de aquella mujer famosa a la que todos se quedaban mirando; Havel comprendió que de pronto todo le estaba permitido, todo de antemano calladamente prometido.

Pero, tal como suele suceder, cuando uno está contento, disfruta rechazando altanero las oportunidades que se le ofrecen, para reafirmarse en su placentera satisfacción. A Havel le bastaba por completo con que la muchacha rubia hubiera perdido su poco amable inaccesibilidad, con que pusiera voz dulce y ojos humildes, con que, de esa forma, se le estuviera ofreciendo indirectamente —y ya no la deseaba en absoluto.

Después tuvo que ponerse boca abajo sacando la barbilla del agua y dejando que el fuerte chorro recorriese de nuevo su cuerpo desde la nuca hasta los talones. Esta postura le parecía una postura religiosa de humildad y agradecimiento: pensaba en su mujer, en lo hermosa que era, en cuánto la amaba y ella lo amaba a él, y en que era su buena estrella, que le hacía ganar el favor de la casualidad y de las muchachas musculosas.

Y cuando el masaje terminó y él se incorporó en la bañera para salir de ella, la masajista rociada de sudor le pareció tan sana y jugosamente hermosa y sus ojos tan obedientemente entregados que sintió el deseo de inclinarse hacia el sitio donde, a la distancia, intuía la presencia de su mujer. Le pareció que el cuerpo de la masajista estaba allí de pie sobre la gran mano de la actriz y que aquella mano se lo entregaba como un mensaje de amor, como un amoroso regalo. Y de pronto le pareció que era una descortesía hacia su propia mujer rechazar aquel regalo, rechazar aquella tierna atención. Por eso le sonrió a la sudorosa chica y le dijo que había decidido dedicarle la noche de hoy y que la esperaría a las siete junto a la fuente. La chica aceptó y el doctor Havel se cubrió con una gran toalla.

Tras vestirse y peinarse, comprobó que estaba de un humor excelente. Tenía ganas de charlar y se detuvo en el consultorio de Frantiska, a la cual también le vino bien su visita porque también ella estaba de excelente humor. Frantiska le contó mil cosas, pero a cada rato volvía al tema que habían tocado en su último encuentro: hablaba de su edad y sugería, con frases inconexas, que no hay que rendirse ante el paso de los años, que los años que se tienen no siempre son una desventaja y que es maravilloso sentir que uno ha comprobado que puede medirse con los más jóvenes.

—Y los hijos tampoco lo son todo —dijo sin venir a cuento—, no, no es que no quiera a mis hijos —precisó—, tú sabes cuánto los quiero, pero no son lo único en el mundo...

Las reflexiones de Frantiska no se apartaron ni por un momento de una abstracta vaguedad y a un incauto le hubieran parecido mera charlatanería. Pero Havel no era un incauto y percibió el contenido que se ocultaba tras la charlatanería. Llegó a la conclusión de que su propia felicidad no era más que un eslabón de una cadena de felicidades y, como su corazón deseaba el bien a los demás, su excelente humor se multiplicó por dos.

11

Sí, el doctor Havel había adivinado: el redactor había ido en busca de la doctora el mismo día en que su maestro se la había elogiado. Al cabo de unas cuantas frases había descubierto dentro de sí una sorprendente audacia y le había dicho que le gustaba y que quería salir con ella. La doctora había tartamudeado asustada que era mayor que él y que tenía hijos. Eso había hecho que el redactor ganase confianza y que le sobrase locuacidad: afirmó que la doctora tenía una belleza oculta, que es más importante que el aspecto vulgar de quienes suelen considerarse guapos; elogió su manera de andar y dijo que parecían hablar sus piernas al andar.

Y dos días más tarde, aquella misma noche en que el doctor Havel llegaba contento a la fuente junto a la que, ya a distancia, vio a su rubia musculosa, el redactor paseaba nervioso por su estrecha buhardilla; estaba casi seguro de tener éxito, pero precisamente por eso temía aún más que algún error o alguna casualidad se lo estropease; a cada rato abría la puerta para mirar por la escalera hacia abajo; por fin la vio.

El cuidado con que la señora Frantiska se había vestido y arreglado la distanciaba un tanto del aspecto cotidiano de la mujer con pantalones blancos y bata blanca; al tembloroso joven le parecía que el encanto erótico de ella, hasta ahora sólo intuido, se hallaba ahora ante él casi desvergonzadamente al desnudo, y eso hizo que se apoderara de él una respetuosa timidez; para superarla abrazó a la médica con la puerta aún abierta y empezó a besarla furiosamente. Aquello la asustó por lo imprevisto y le pidió que la dejase sentarse. La soltó pero inmediatamente se sentó junto a sus piernas y, de rodillas, se puso a besarle las medias. Ella colocó su mano en la cabeza del joven y trató de apartarlo con suavidad.

Fijémonos en lo que ella le decía. En primer lugar repitió varias veces: «Tiene que ser bueno, tiene que ser bueno, prométame que será bueno». Cuando el joven le dijo: «Sí, sí, seré bueno», mientras seguía avanzando con su boca por la áspera superficie, ella le dijo: «No, no, eso no, eso no», y cuando avanzó hasta llegar aún más arriba, empezó de pronto a tutearlo y afirmó: «Eres un salvaje, ah, eres un salvaje».

Con aquella afirmación todo quedaba resuelto. El

joven ya no encontró resistencia alguna. Estaba extasiado; extasiado ante sí mismo, extasiado por la rapidez de su éxito, extasiado ante el doctor Havel, cuyo genio se hallaba allí con él y se introducía en él, extasiado ante la desnudez de la mujer que yacía debajo de él en amoroso abrazo. Ansiaba ser un maestro, ansiaba ser un virtuoso, ansiaba demostrar sensualidad y agresividad. Se levantaba ligeramente por encima de la doctora, observaba con mirada salvaje su cuerpo yaciente y balbuceaba:

—Eres hermosa, eres preciosa, eres preciosa...

La médica se cubrió el vientre con las dos manos y dijo:

—No te rías de mí...

—¡Qué locuras dices, no me río de ti, eres preciosa!

—No me mires —lo atrajo hacia sí para que no la viera—: Ya he tenido dos hijos, ¿sabes?

—¿Dos hijos? —el joven no entendía.

—Se me nota, no debes mirarme.

Aquello frenó un poco al joven en su impulso inicial y le costó trabajo volver a recuperar el adecuado entusiasmo; para hacerlo más fácil trató de fortalecer con palabras la embriaguez de la situación, que se le escapaba, y le susurró al oído a la médica lo hermoso que era que estuviera allí con él desnuda, completamente desnuda.

—Eres amable, eres muy amable —le dijo la médica.

El joven se irguió repitiendo sus palabras sobre la desnudez de la médica y le preguntó si también era excitante para ella estar allí desnuda con él.

—Eres un chiquillo —dijo la médica—, claro que es excitante —pero al cabo de un momento añadió que ya la habían visto desnuda tantos médicos que ni siquiera le llamaba la atención—. Más médicos que amantes —rió y comenzó a hablar de lo difíciles que habían sido sus partos—. Pero valió la pena —dijo por fin—, tengo dos hijos preciosos. ¡Preciosos, preciosos!

El entusiasmo trabajosamente logrado por el redactor volvió a desaparecer, tenía incluso la impresión de estar con la doctora en la cafetería, charlando y tomando una taza de té; aquello lo puso furioso; volvió a hacerle el amor con movimientos agresivos, tratando una vez más de atraerla hacia imágenes más sensuales:

—La última vez que fui a verte, ¿sabías que íbamos a hacer el amor?

—¿Y tú?

—Yo *quería* —dijo el redactor—, ¡*quería* tremendamente! —y puso en la palabra «quería» una inmensa pasión.

—Eres como mi hijo —rió junto a su oído la médica—, también lo quiere todo. Yo siempre le pregunto: ¿Y no quieres también un reloj con un surtidor de agua?

Y así hicieron el amor; la señora Frantiska quedó encantada con la conversación.

Cuando después se sentaron en el sofá, desnudos y cansados, la médica le acarició el pelo al redactor y dijo:

—Tienes la cabecita como él.

—¿Quién?

—Mi hijo.

—Siempre estás pensando en tu hijo —dijo el redactor en una tímida protesta.

—Ya sabes —dijo ella con orgullo—, es el niño de su mamá, el niño de su mamá.

Después ella se levantó y se vistió. Y de pronto tuvo en aquella habitación de soltero la sensación de que era joven, de que era una chica jovencita y se sintió enloquecidamente bien. Al salir abrazó al redactor y los ojos los tenía húmedos de agradecimiento.

12

Tras la hermosa noche llegó para Havel un hermoso día. Durante el desayuno cambió algunas palabras significativas con la mujer parecida a un caballo de carreras y a las diez, al volver de las curas, lo esperaba en la habitación una afectuosa carta de su mujer. Después se fue a recorrer el paseo junto a la multitud de pacientes; llevaba junto a la boca el cuenco de porcelana e irradiaba satisfacción. Las mujeres, que antes pasaban por su lado sin mirarlo, fijaban ahora la vista en él, así que las saludaba con ligeras inclinaciones. Al ver al redactor le hizo con alegría un gesto de bienvenida:

—¡Visité hoy por la mañana a la doctora y a juzgar por ciertos síntomas que no se le pueden escapar a un buen sicólogo, me parece que ha tenido usted éxito!

No había nada que el joven deseara tanto como contárselo todo a su maestro, pero el desarrollo de los acontecimientos de la noche anterior le había dejado un tanto confuso: no estaba seguro de si había sido una noche tan cautivadora como debía haber sido y por eso no sabía si una exposición precisa y verdadera le elevaría o le humillaría a los ojos de Havel; dudaba acerca de lo que debía contarle y lo que no.

Pero ahora, al ver el rostro de Havel radiante de felicidad y desvergüenza, no pudo hacer otra cosa que responderle en un tono similar, alegre y desvergonzado, elogiando con palabras de entusiasmo a la mujer que Havel le había recomendado. Le contó cuánto le había gustado al verla por primera vez con ojos no provincianos, le contó lo rápido que había aceptado ir a visitarle y la extraordinaria velocidad con la que se había apoderado de ella.

Al plantearle el doctor Havel preguntas y subpreguntas para llegar a todos los matices de la materia analizada, el joven no pudo evitar acercarse cada vez más en sus respuestas a la realidad, hasta que por fin mencionó que, aunque estaba completamente satisfecho con todo, se había quedado, pese a todo, un tanto perplejo por la conversación que mantuvo con él la médica mientras hacían el amor.

El doctor Havel se interesó mucho por aquello y convenció al redactor de que le repitiera detalladamente el diálogo, interrumpiendo su relato con gritos de entusiasmo: «¡Excelente! ¡Eso es magnífico!», «¡Es la eterna madraza!» y «¡Amigo, qué envidia me da!».

En ese momento se detuvo ante los dos hombres la mujer parecida a un caballo de carreras. El doctor Havel le hizo una inclinación y la mujer le dio la mano:

—No se enfade conmigo —se disculpó ella—, llego con un poco de retraso.

—No es nada —dijo Havel—, lo estoy pasando estupendamente aquí con mi amigo. Tendrá que disculpar que acabemos nuestra conversación.

Y sin soltarle la mano a la alta mujer, se dirigió al redactor:

—Querido amigo, lo que me ha contado supera todas mis previsiones. Comprenda usted que la mera diversión del cuerpo, si se queda exclusivamente encerrada en su mudez, es siempre fastidiosamente igual, una mujer se parece en ella a la otra y todas caen en el olvido. ¡Pero si nos lanzamos a las alegrías del amor, es para recordarlas! ¡Para que sus puntos luminosos unan en una línea radiante nuestra juventud con nuestra vejez! ¡Para mantener nuestra memoria en una llama eterna! Y debe creerme, amigo, tan sólo una palabra, dicha en esta escena, la más corriente que existe, es capaz de iluminarla de tal modo que resulte inolvidable. Dicen de mí que soy un coleccionista de mujeres. En realidad soy mucho más un coleccionista de palabras. ¡Créame que jamás olvidará la noche de ayer y considérese afortunado!

Después le hizo con la cabeza un gesto de despedida y, cogiendo de la mano a la mujer parecida a un caballo, se alejó lentamente con ella por el paseo del balneario.

Séptima parte
Eduard y Dios

1

La historia de Eduard podemos iniciarla convenientemente en la casa de campo de su hermano mayor. El hermano estaba tumbado en el sofá y le decía a Eduard:

—Habla con esa tía, tranquilamente. Es una cabrona, pero creo que hasta la gente como ésa debe tener conciencia. Precisamente por la cabronada que me hizo a mí, ahora puede que se alegre si tú le das una oportunidad de expiar sus antiguas culpas haciéndote un favor.

El hermano de Eduard siempre había sido igual: un buenazo y un holgazán. Seguramente habría estado así, como ahora, tumbado en el sofá, cuando hacía muchos años (Eduard era entonces un crío) se quedó holgazaneando y durmiendo el día de la muerte de Stalin; al día siguiente llegó a la Facultad sin enterarse y se encontró a una de sus compañeras de estudios, Cechackova, de pie en medio del vestíbulo, llamativamente inmóvil, como un monumento al dolor; dio tres vueltas alrededor de ella y empezó a reírse a carcajadas. La chica, ofendida, afirmó que la risa de su compañero de clase era una provocación política y el hermano tuvo que dejar la universidad e irse a trabajar al pueblo, donde más tarde consiguió un piso, un perro, una esposa, dos hijos y hasta una casa de campo.

Era precisamente en aquella casa de campo donde

estaba ahora tumbado en el sofá hablándole a Eduard:

—Le llamábamos el látigo de la clase obrera. Pero a ti no tiene por qué importarte. Hoy ya es una mujer mayor y como siempre le han gustado los chicos jóvenes, te echará una mano.

Eduard era entonces muy joven. Había terminado la carrera de Pedagogía (la que no terminó su hermano) y buscaba trabajo. Atendiendo a los consejos de su hermano llamó al día siguiente a la puerta del despacho de la directora. Vio entonces a una mujer alta y huesuda, de pelo aceitoso y negro como una gitana, ojos negros y vello negro bajo la nariz. Su fealdad le hizo perder el temor que por su juventud seguía despertando en él la belleza femenina, de manera que pudo hablar con soltura, amabilidad y hasta con galantería. La directora acogió con evidente satisfacción el tono en que le hablaba y afirmó varias veces con sensible exaltación:

—Necesitamos a gente joven.

Prometió aceptar su petición.

2

Y así se convirtió Eduard en maestro de una pequeña ciudad checa. Aquello no le producía ni pena ni satisfacción. Siempre había procurado diferenciar lo serio de lo no serio, y a su carrera pedagógica la incluía en la categoría de lo no serio. No se trata de que la enseñanza no fuera para él seria en sí misma o con respecto a su manutención (en este sentido, por el contrario, le importaba mucho, porque sabía que era su único medio de subsistencia), pero no la consideraba seria en relación con su esencia. No la había elegido. Se la habían elegido la demanda social, el curriculum, las notas del bachillerato, los exámenes de ingreso. La maquinaria compuesta por todas esas fuerzas lo había depositado al salir del Instituto (como una grúa deposita un fardo sobre un camión) en la Facultad de Pedagogía. Fue a aquella Facultad a disgusto (había quedado señalada por el fracaso de su hermano) pero al final se resignó. Comprendió, sin embargo, que su trabajo iba a ser una de las casualidades de su vida. Que iba a estar pegado a él como una barba falsa, que produce risa.

Pero cuando *las obligaciones* no son algo serio (producen risa), lo serio es quizás aquello que *no es obligatorio*: Eduard encontró pronto en su nuevo lugar de trabajo a una chica joven que le pareció hermosa y a la que empezó a dedicarse con una seriedad casi verdadera. Se llamaba Alice y, como tuvo ocasión de comprobar en las primeras citas, era, para desgracia suya, considerablemente casta y decente.

Intentó muchas veces en sus paseos vespertinos pasarle el brazo por la espalda de manera que su mano tocara desde atrás el borde de su pecho derecho, pero siempre le cogía la mano y se la hacía quitar. Un día, tras repetir nuevamente aquel intento y hacerle quitar ella (nuevamente) la mano, la chica se detuvo y le preguntó:

—¿Tú crees en Dios?

Eduard percibió con sus finos oídos la oculta intensidad de aquella pregunta y olvidó inmediatamente el pecho.

—¿Crees? —repitió Alice la pregunta y Eduard no se atrevía a contestar.

No le reprochemos su falta de valor para la sinceridad; se sentía abandonado en su nuevo lugar de residencia y Alice le gustaba demasiado como para que estuviera dispuesto a perderla nada más que por una sola pregunta.

—¿Y tú? —le preguntó para ganar tiempo.

—Yo sí —dijo Alice y volvió a insistir para que le diese una respuesta.

Hasta entonces nunca se le había ocurrido creer en Dios. Pero comprendió que ahora no podía reconocerlo, que, por el contrario, debía aprovechar la oportunidad y construir con la fe en Dios un bonito caballo de madera dentro de cuyas entrañas, siguiendo el antiguo ejemplo, pudiera deslizarse sin ser visto hasta las profundidades de la chica. Pero Eduard no era capaz de decirle a Alice, así sin más, *sí, creo en Dios*; no era un hombre sin escrúpulos y le daba vergüenza mentir; le molestaba la grosería de una mentira directa; si la mentira era imprescindible, quería que lo hiciese quedar en una situación que se pareciese lo más posible a la verdad. Por eso respondió con voz excepcionalmente pensativa:

—Ni siquiera sé qué decirte, Alice. Claro, creo en Dios. Pero... —hizo una pausa y Alice lo miró sorprendida—. Pero quiero ser totalmente sincero contigo. ¿Puedo ser sincero contigo?

—Tienes que ser sincero —dijo Alice—. Si no, no tendría sentido que estuviéramos juntos.

—¿De verdad?

—De verdad —dijo Alice.

—A veces me invaden ciertas dudas —dijo Eduard en voz baja—. A veces dudo que de verdad exista.

—¡Pero cómo puedes dudarlo! —casi gritó Alice.

Eduard permaneció en silencio y al cabo de un momento de reflexión se le ocurrió una conocida idea:

—Cuando veo tanta maldad a mi alrededor, me pregunto con frecuencia si es posible que haya un Dios que permita todo eso.

Aquello sonaba tan triste que Alice le cogió la mano:

—Sí, es verdad que el mundo está lleno de maldad. Eso lo sé muy bien. Pero precisamente por eso

222

tienes que creer en Dios. Sin él todo ese sufrimiento sería gratuito. Nada tendría sentido. Y yo sería incapaz de vivir.

—Puede que tengas razón —dijo Eduard pensativo, y el domingo fue a misa con ella.

Mojó los dedos en la pila y se santiguó. Después empezó la misa y se cantó, y él cantó con los demás una canción religiosa cuya melodía le resultaba familiar y cuya letra desconocía. Por eso, en lugar de las palabras correspondientes, recurrió a diversas vocales, entonando siempre una fracción de segundo después que los demás, porque tampoco conocía la melodía más que de una forma vaga. En cambio, cuando comprobaba que el tono era correcto, hacía sonar su voz con toda su fuerza, así que por primera vez en su vida pudo comprobar que tenía una hermosa voz de bajo. Después todos empezaron a rezar el padre nuestro y algunas señoras mayores se arrodillaron. No pudo resistir la tentación y él también se arrodilló en el suelo de piedra. Hacía la señal de la cruz con potentes movimientos de brazos y experimentaba la fabulosa sensación de poder hacer algo que no había hecho en la vida, que no podía hacer ni en clase ni en la calle, en ningún sitio. Se sentía maravillosamente libre.

Cuando todo terminó Alice lo miró con ojos radiantes:

—¿Todavía puedes decir que dudas de él?

—No —dijo Eduard.

Y Alice dijo:

—Me gustaría enseñarte a amarle como yo le amo.

Estaban de pie en las amplias escaleras por las que se salía de la iglesia y el alma de Eduard estaba llena de risa. Por desgracia en ese preciso momento pasó por allí la directora del colegio y los vio.

3

Era un desastre. Hemos de recordar (para aquellos a quienes se les escapen las circunstancias históricas del relato) que, si bien a la gente no le estaba prohibido ir a la iglesia, la visita no estaba exenta de cierto peligro.

No es difícil entenderlo. Quienes han participado en eso a lo que se llama revolución, alimentan en su interior un gran orgullo que se denomina: *estar del lado bueno del frente*. Cuando han pasado ya diez o doce años desde entonces (como sucedía, aproximadamente, en el momento en que tenía lugar nuestra historia), la línea del frente comienza a diluirse y, con ella, también el lado bueno. No es de extrañarse que los partidarios de la revolución se sientan engañados y busquen por eso rápidamente frentes de *recambio*; gracias a la religión pueden entonces (como ateos contra creyentes) volver gloriosamente a estar del lado bueno, conservando así el acostumbrado y preciado patetismo de su superioridad.

Pero, a decir verdad, a los otros también les vino bien el frente de recambio y no anticipamos excesivamente los acontecimientos al confesar que entre éstos se contaba precisamente Alice. Así como la directora quería estar del lado *bueno*, Alice quería estar del lado *contrario*. Durante la revolución al papá de Alice le habían nacionalizado la tienda y Alice odiaba a quienes le habían hecho eso. Pero ¿cómo podía manifestarlo? ¿Debía coger un cuchillo e ir a vengar a su padre? Eso no suele hacerse en Bohemia. Pero Alice tenía un modo mejor de manifestar su posición contraria: empezó a creer en Dios.

Así Dios venía en ayuda de ambos bandos (que ya casi estaban a punto de perder los motivos vivos de sus banderías) y gracias a El Eduard se encontró entre dos fuegos.

Cuando el lunes por la mañana la directora se acercó a Eduard en la sala de profesores, se sentía muy inseguro. Ya no podía invocar la atmósfera amistosa de su primera conversación porque desde entonces (por culpa de su ingenuidad o de su despreocupación) no había seguido con sus conversaciones galantes. Por eso la directora podía con todo derecho dirigirse a él con una sonrisa demostrativamente fría:

—Ayer nos vimos, ¿no es verdad?

—Sí, nos vimos —dijo Eduard.

La directora prosiguió:

—No comprendo cómo un hombre joven puede ir a la iglesia.

Eduard se encogió de hombros sin saber qué decir y la directora hizo con la cabeza un gesto de perplejidad:

—¡Un hombre joven!

—Fui a mirar el interior barroco del edificio —dijo Eduard a modo de disculpa.

—Ajá —dijo la directora irónicamente—, no sabía que se interesase tanto por el arte.

Esta conversación no le resultó a Eduard nada agradable. Se acordó de cuando su hermano había dado tres vueltas alrededor de su compañera de curso y se había reído a carcajadas. Le pareció que se repetía la historia familiar y sintió miedo. El sábado llamó por teléfono a Alice para disculparse porque estaba constipado y no podía ir a la iglesia.

—Parece que eres muy delicado —le reprochó después del domingo Alice y a Eduard le dio la impresión de que no había afecto en sus palabras.

Por eso empezó a contarle (de una forma oscura y confusa, porque le daba vergüenza reconocer su miedo y las verdaderas causas de éste) las injusticias que se cometían con él en el colegio, le habló de la horrible directora que lo perseguía sin motivo. Quería darle lástima y que lo compadeciera, pero Alice dijo:

—En cambio mi jefa es estupenda —y empezó a contarle, entre risitas, historias de su trabajo.

Eduard oía su alegre voz y estaba cada vez más entristecido.

4

¡Señoras y señores, aquéllas fueron semanas de padecimientos! Eduard sentía por Alice un deseo endiablado. El cuerpo de ella lo excitaba y precisamente ese cuerpo le era totalmente inaccesible. También eran fuente de padecimiento los escenarios en los que tenían lugar sus encuentros; o bien vagaban una o dos horas por las calles en penumbras o iban al cine; lo reiterativo y las ínfimas posibilidades eróticas de ambas variantes (otras no había) hicieron pensar a Eduard que quizás alcanzaría éxitos más significativos con Alice si pudiese encontrarse con ella en otro ambiente. Por eso le propuso una vez, con cara de inocencia, ir el sábado y el domingo a visitar a su hermano que tenía una casa de campo en un valle boscoso, junto a un río. Le describió con entusiasmo las inocentes bellezas naturales, pero Alice (en todo lo demás ingenua y confiada) adivinó astutamente sus intenciones y las rechazó de plano. Y es que no era Alice quien lo rechazaba. Era el mismísimo (eternamente vigilante y despierto) Dios de Alice.

Aquel Dios había sido creado a partir de una única idea (carecía de otros deseos o pensamientos): prohibía las relaciones extramatrimoniales. Era, por lo tanto, un Dios bastante ridículo, pero no nos riamos por ello de Alice. De los diez mandamientos que Moisés transmitió a la humanidad, nueve no corrían en su alma el menor peligro, porque Alice no tenía ganas de matar, ni de no honrar a su padre, ni de desear a la mujer de su prójimo; sólo había un mandamiento que ella sintiera como *problemático* y, por tanto, como un inconveniente real y una tarea; era aquel famoso sexto *no fornicar*. Si quería realizar de algún modo su fe religiosa, demostrándola y poniéndola a prueba, tenía que apoyarse precisamente en este único mandamiento, con lo cual convertía para sí a aquel Dios oscuro, difuminado, abstracto, en un Dios completamente definido, comprensible y concreto: *el Dios de la no fornicación*.

Díganme, por favor, ¿dónde comienza la fornicación? Cada mujer determina aquí la frontera según unos criterios totalmente misteriosos. Alice no tenía inconveniente alguno en permitir que Eduard la besase y, tras muchos y muchos intentos, finalmente se resignó a que le acariciase los pechos, pero en medio de su cuerpo, pongamos por caso al nivel del ombligo, trazó una línea precisa que no admitía compromisos, más allá de la cual se extendía el territorio de las prohibiciones divinas, el territorio del rechazo de Moisés y de la ira del Señor.

Eduard empezó a leer la Biblia y a estudiar la literatura teológica básica; decidió luchar contra Alice con sus propias armas.

—Alice —le dijo más tarde—, si amamos a Dios, nada nos está prohibido. Si deseamos algo es porque él lo permite. Lo único que quería Jesucristo es que todos nos rigiéramos por el amor.

—Sí —dijo Alice—, pero por uno distinto del que tú piensas.

—Amor no hay más que uno —dijo Eduard.

—Eso te vendría muy bien —dijo Alice—, pero Dios estableció determinados mandamientos y por ellos hemos de regirnos.

—Claro, el Dios del Antiguo Testamento —dijo Eduard—, pero no el Dios de los cristianos.

—¿Qué dices? Si no hay más que un solo Dios —respondió Alice.

—Sí —dijo Eduard—, pero los judíos del Antiguo Testamento lo interpretaron de una manera y nosotros de otra. Antes de la llegada de Cristo, el hombre tenía que respetar ante todo cierto sistema de mandamientos y leyes. Su vida interior ya no era tan importante. Pero para Cristo las diversas prohibiciones y estipulaciones eran algo externo. Para él lo principal era la forma de ser del hombre en su interior. Si el hombre se rige por su vida interior, fervorosa y llena de fe, todo lo que haga estará bien y complacerá a Dios. Por eso dijo san Pablo todas las cosas son limpias a los limpios.

—Habría que saber si tú eres precisamente uno de esos limpios —dijo Alice.

—Y san Agustín —continuó Eduard— dijo: Ama a Dios y haz lo que te plazca. ¿Lo entiendes, Alice? ¡Ama a Dios y haz lo que te plazca!

—Pero es que lo que te place a ti nunca me place a mí —respondió Alice y Eduard comprendió que su ataque teológico había fracasado por esta vez; por eso dijo:

—Tú no me quieres.

—Te quiero —dijo Alice con tremenda concreción—. Y por eso no quiero que hagamos algo que no debemos hacer.

Como ya dijimos, fueron semanas de padecimientos. Y los padecimientos eran aún mayores porque el deseo que Eduard sentía por Alice no era ni mucho menos sólo el deseo de un cuerpo por otro cuerpo; al contrario, cuanto más lo rechazaba el cuerpo, más nostálgico y dolido se volvía y más deseaba su corazón; pero ni el cuerpo ni el corazón de ella querían saber una palabra de eso, los dos eran igualmente fríos, estaban igualmente encerrados en sí mismos, satisfechos y autosuficientes.

Lo que a Eduard más le irritaba de Alice era precisamente esa impasible mesura de todas sus manifestaciones. Aunque era, por lo demás, un joven bastante sensato, empezó a sentir la necesidad de realizar algún acto extremado para sacar a Alice de su impasibilidad. Y como era demasiado arriesgado provocarla con actos extremados, blasfemos o cínicos (a los que se hubiera sentido más atraído por su naturaleza), tuvo que elegir actos extremados precisamente de signo contrario (y por lo tanto mucho más dificultosos) que partieran de la propia postura de Alice, pero magnificándola hasta tal punto que se sintiera avergonzada. Para decirlo de una forma más comprensible: Eduard empezó a exagerar su religiosidad. No dejaba de ir ni una sola vez a la iglesia (el deseo que sentía por Alice era mayor que el miedo a los problemas) y se comportaba con extravagante humildad: aprovechaba cada oportunidad para arrodillarse en el suelo mientras Alice rezaba y se santiguaba de pie, porque tenía miedo de estropearse las medias.

Un día le echó en cara a ella su escaso fervor religioso. Le recordó las palabras de Jesús: «No todos los que me dicen Señor, Señor, entrarán en el reino de los cielos». Le echó en cara que su fe era formal, externa, vacía. Le echó en cara su comodidad. Le echó en cara que estaba demasiado satisfecha de sí misma. Le echó en cara que no se fijaba en quienes la rodeaban, sólo en sí misma.

Y mientras le hablaba de ese modo (Alice se había visto sorprendida por su ataque y se defendía a duras penas) se encontró de frente con una cruz; una vieja cruz de metal en mal estado, con un Cristo de lata oxidada, en la esquina de la calle. Sacó, ceremoniosamente, su mano de debajo del brazo de Alice, se detuvo y (como protesta contra su corazón indiferente y como señal de ataque en su nueva ofensiva) se santiguó con terca aparatosidad. No tuvo ni tiempo de registrar el efecto que aquello le había hecho a Alice porque en ese momento vio al otro lado de la calle a la conserje del colegio. Lo estaba observando. Eduard comprendió que estaba perdido.

5

Sus suposiciones se confirmaron cuando la conserje lo detuvo dos días más tarde en el pasillo y le comunicó en voz muy alta que debía presentarse al día siguiente a las doce en el despacho de la directora:

—Tenemos que hablar contigo, camarada.

Eduard estaba angustiado. Por la tarde se encontró con Alice para vagar, como de costumbre, una o dos horas por las calles, pero Eduard no siguió con su fervor religioso. Estaba deprimido y tenía ganas de confesarle a Alice lo que le había ocurrido; pero no se atrevió porque sabía que para salvar aquel empleo al que no amaba (pero que le era indispensable) estaba dispuesto a la mañana siguiente a traicionar a Dios, sin dudarlo ni un momento. Por eso prefirió no decir ni una palabra de la citación, con lo cual tampoco obtuvo consuelo sintiéndose totalmente abandonado.

En la habitación le aguardaban cuatro jueces: la directora, la conserje, un colega de Eduard (pequeñito y con gafas) y un señor desconocido (canoso) al que los demás llamaban camarada inspector. La directora le pidió a Eduard que se sentara y luego le dijo que le habían invitado para mantener una conversación totalmente amistosa y extraoficial, porque todos estaban preocupados por la forma en que Eduard se comportaba en su vida extraescolar. Al decir esto miró al inspector y éste hizo un gesto de aprobación con la cabeza; luego volvió la vista al maestro de gafitas, que había estado durante todo ese tiempo mirándole atentamente y que ahora, en cuanto advirtió su mirada, inició inmediatamente un discurso; queremos educar, dijo, a una juventud sana y sin prejuicios, y somos plenamente responsables de ella, porque le servimos (nosotros, los maestros) de ejemplo; por eso no podemos tolerar en nuestras aulas la presencia de santurrones; desarrolló esta idea durante mucho tiempo y finalmente afirmó que la conducta de Eduard era una vergüenza para todo el colegio.

Hacía tan sólo unos minutos, Eduard estaba convencido de que iba a abjurar del Dios que recientemente había adquirido, confesando que lo de ir a la iglesia y santiguarse en público no era más que una pantomima. Pero ahora, de cara ante la situación real, sintió que no podía hacerlo; no era posible decirle a estas cuatro personas, tan serias y llenas de preocupación, que no se habían preocupado más que por un malentendido, por una especie de estupidez; comprendía que con ello, involuntariamente, se estaría riendo de su seriedad; y también era consciente de que lo único que esperaban ahora de él eran excusas y disculpas y que estaban preparados de antemano a rechazarlas; comprendió (de pronto, no había tiempo para prolongadas reflexiones) que lo más importante en este momento era parecerse lo más posible a la verdad o, para ser más precisos, parecerse a la imagen que se habían hecho de él; para conseguir modificar hasta cierto punto esa imagen tenía que hacerles, también hasta cierto punto, el juego. Por eso dijo:

—Camaradas, ¿puedo hablar con sinceridad?

—Claro —dijo la directora—. Para eso está aquí.

—¿Y no se van a enfadar?

—Hable, hable —dijo la directora.

—Bien, se lo confesaré —dijo Eduard—. Yo creo de verdad en Dios.

Miró a sus jueces y le pareció que todos habían

suspirado de satisfacción; la conserje fue la única en atacar:

—¿En la época actual, camarada? ¿En la época actual?

Eduard prosiguió:

—Sabía que se iban a enfadar si les decía la verdad. Pero no sé mentir. No pretendan que les mienta.

La directora dijo (con suavidad):

—Nadie pretende que usted mienta. Hace bien en decir la verdad. Pero, dígame, ¿cómo puede creer en Dios un hombre joven como usted?

—¡Hoy, cuando somos capaces de volar hasta la luna! —se enfadó el maestro.

—No puedo evitarlo —dijo Eduard—. Yo no quiero creer en él. De verdad. No quiero.

—¿Cómo es posible que crea si no quiere? —tomó parte en la conversación (en un tono extraordinariamente amable) el señor canoso.

—No quiero creer pero creo —repitió Eduard en voz baja su confesión.

El maestro se rió:

—¡Pero eso es una contradicción!

—Camaradas, es tal como se lo digo —afirmó Eduard—. Sé perfectamente que la fe en Dios nos aleja de la realidad. ¿Adónde iría a parar el socialismo si todos creyesen que el mundo está en manos de Dios? Nadie haría nada y todos confiarían únicamente en Dios.

—Precisamente —asintió la directora.

—Nadie ha demostrado aún que Dios exista —afirmó el maestro de gafitas.

Eduard continuó:

—La historia de la humanidad se diferencia de la prehistoria porque la gente se ha apoderado de su propio destino y ya no necesita a Dios.

—La fe en Dios conduce al fatalismo —dijo la directora.

—La fe en Dios pertenece a la Edad Media —dijo Eduard, y después volvió a decir algo la directora y dijo algo el maestro y dijo algo Eduard y algo el inspector y todos se complementaban armónicamente hasta que por fin el maestro explotó, interrumpiendo a Eduard:

—¿Y entonces por qué te santiguas en la calle si sabes todo eso?

Eduard lo miró con una mirada inmensamente triste y dijo:

—Porque creo en Dios.

—¡Pero eso es una contradicción! —repitió satisfecho el maestro.

—Sí —reconoció Eduard—. Lo es. Es una contradicción entre el saber y la fe. El saber es una cosa y la fe otra. Yo reconozco que la fe en Dios nos conduce al oscurantismo. Reconozco que sería mejor que no existiese. Pero es que yo, aquí dentro... —señaló con un dedo su corazón— siento que existe. Por favor, camaradas, se lo digo tal como es, es mejor que lo confiese porque no quiero ser un hipócrita, quiero que ustedes sepan, de verdad, cómo soy —y agachó la cabeza.

La inteligencia del maestro no era de mayor estatura que su cuerpo; no sabía que hasta para el más severo de los revolucionarios la violencia no es más que un mal necesario, mientras que el verdadero *bien* de la revolución es la reeducación. El, que había adoptado las convicciones revolucionarias de un día para el otro, no gozaba de las simpatías de la directora y no se percataba de que Eduard, quien se había puesto a disposición de sus jueces como un complejo pero maleable objeto de reeducación, tenía un valor mil veces superior al suyo. Y como no se percataba de ello, atacó ahora salvajemente a Eduard, afirmando que las personas que son incapaces de romper con las creencias medievales forman parte de

233

la Edad Media y deben abandonar la escuela actual.

La directora esperó a que terminara de hablar para expresar su recriminación:

—No me gusta que corten cabezas. El camarada ha sido sincero y nos ha contado las cosas como son. Debemos valorar su actitud —después se dirigió a Eduard—: Claro que los camaradas tienen razón en decir que los santurrones no pueden educar a nuestra juventud. Díganos usted mismo qué es lo que propone.

—No sé qué hacer, camaradas —dijo Eduard apesadumbrado.

—Yo opino lo siguiente —dijo el inspector—. La lucha entre lo viejo y lo nuevo no sólo tiene lugar entre las clases, sino también en el interior de cada persona. Una lucha como ésa es la que se desarrolla en el interior del camarada. La razón le dice una cosa, pero el sentimiento le hace retroceder. Tienen ustedes que ayudar al camarada para que su razón triunfe.

La directora hizo un gesto de asentimiento. Después dijo:

—Yo misma me haré cargo de él.

6

De manera que Eduard había alejado el peligro más inminente; el futuro de su carrera pedagógica estaba ahora exclusivamente en manos de la directora y él lo constataba con cierta satisfacción: se acordaba del comentario que le había hecho una vez su hermano acerca de que a la directora siempre le habían gustado los chicos jóvenes y, con toda la inestabilidad de su joven confianza en sí mismo (unas veces acallada, otras exagerada), tomó la decisión de ganarle la partida a la que le dominaba conquistándola como hombre.

Cuando, como habían acordado, fue a visitarla unos días más tarde a su despacho de directora, intentó adoptar un tono ligero y utilizar todas las oportunidades de introducir en la conversación algún detalle íntimo, un ligero piropo, o para, con discreta ambigüedad, subrayar su condición de hombre en manos de una mujer. Pero no le fue permitido establecer él mismo el tono de la conversación. La directora le habló con amabilidad pero de una forma absolutamente distante; le preguntó qué leía y después citó ella misma los títulos de algunos libros y le recomendó que los leyese, porque evidentemente pretendía iniciar un trabajo a largo plazo para modificar su forma de pensar. Aquel breve encuentro terminó con una invitación a visitarla a su casa.

El distanciamiento de la directora hizo que la confianza de Eduard en sí mismo se desinflara, de modo que entró en su apartamento con humildad y sin la intención de dominarla con su encanto varonil. Ella le invitó a sentarse en el sillón y adoptó un tono muy amistoso; le preguntó qué quería tomar: ¿café? Dijo que no. ¿Entonces algún licor? Se quedó casi perplejo:

—Si tiene coñac... —y en seguida tuvo miedo de haber cometido un atrevimiento.

Pero la directora dijo amablemente:

—No, coñac no, sólo tengo un poco de vino —y trajo una botella semivacía, cuyo contenido llegó justo para llenar dos copas.

Después le dijo que Eduard no debía ver en ella a una inquisidora; todo el mundo tiene naturalmente derecho en su vida a creer en lo que considere correcto. Claro que otra cosa es (añadió de inmediato) si, en tal caso, vale o no vale para maestro; por eso tuvieron (aunque a disgusto) que convencer a Eduard para ha-

blar con él y quedaron muy contentos (al menos ella
y el inspector) de que hablase abiertamente y no ocultase nada. Dijo que después había estado hablando
largo rato de Eduard con el inspector y que habían
decidido que al cabo de medio año volverían a reunirse con él; hasta entonces la directora debía ayudarle
con su influencia. Y volvió a subrayar que sólo pretendía *ayudarle amistosamente* y que no era un inqui-
sidor ni un policía. Recordó al maestro que había atacado tan violentamente a Eduard y dijo:

—Ese no sabe ni lo que dice y por eso está dispuesto a mandar a los demás a la hoguera. Y la conserje también va diciendo por todas partes que estuvo
usted terco y atrevido y que no dio su brazo a torcer.
No hay manera de convencerla de que no hay que ex-
pulsarle del colegio. Yo no estoy de acuerdo con ella,
por supuesto, pero tampoco hay que extrañarse. A mí
tampoco me gustaría que a mis hijos les diera clase alguien que se santigua públicamente en la calle.

De esta manera la directora le expuso a Eduard,
en un único chorro de palabras, tanto las atractivas posibilidades de su caridad como las amenaza-
doras posibilidades de su severidad y después, para
demostrar que el encuentro era realmente amistoso,
cambió de tema: empezó a hablar de libros, condujo
a Eduard a la biblioteca, se derritió al hablar de *El
alma encantada*, de Rolland, y se enfadó con él por
no haberlo leído. Más tarde le preguntó qué tal le iba
en el colegio y tras recibir una respuesta convencional
se puso a hablar de ella misma durante mucho tiempo: dijo que estaba agradecida por el trabajo que le
había deparado el destino, que le gustaba su trabajo
en el colegio porque al educar a los niños estaba en
realidad en permanente contacto con el futuro; y que
sólo el futuro puede, a fin de cuentas, justificar todo
el sufrimiento que, dijo, podemos ver («sí, hay que
reconocerlo») a nuestro alrededor.

—Si no supiera que vivo para algo más que para mi propia vida, creo que sería absolutamente incapaz de vivir.

Aquellas palabras sonaban de pronto con mucha veracidad y no quedaba claro si la directora pretendía con ellas confesarse o iniciar la esperada polémica ideológica sobre el sentido de la vida; Eduard decidió que era mejor interpretarlas en un sentido íntimo y por eso preguntó en voz baja y discreta:

—¿Y su propia vida?

—¿Mi vida? —repitió ella.

En su cara apareció una amarga sonrisa y en ese momento Eduard casi sintió pena. Era enternecedoramente horrenda: el pelo negro ensombrecía su cara alargada y huesuda y el vello negro que tenía bajo la nariz adquiría la expresividad de un bigote. De pronto se imaginó toda la tristeza de su vida; percibía sus rasgos agitanados, que evidenciaban su sensualidad, y percibía su fealdad, que evidenciaba la imposibilidad de que esa sensualidad se realizase; se la imaginaba transformándose apasionadamente en una estatua viviente del dolor ante la muerte de Stalin, asistiendo apasionadamente a cientos de miles de reuniones, luchando apasionadamente contra el pobre Jesús, y comprendió que todos aquellos no eran más que tristes cauces de recambio para su deseo, que no podía discurrir por donde quería. Eduard era joven y su compasión aún no estaba gastada. Miraba a la directora con comprensión. Ella en cambio, como si se avergonzase por su silencio inintencionado, le dio a su voz una ágil entonación y continuó:

—Pero eso, Eduard, no tiene la menor importancia. El hombre no vive sólo para sí mismo. Vive siempre para algo —lo miró más fijamente a los ojos—: Lo que importa es para qué se vive. ¿Para algo real o para algo inventado? Dios es una hermosa invención. Pero el futuro de la gente, Eduard, eso es la realidad. Y yo siempre he vivido para eso, a eso se lo he sacrificado todo.

Incluso frases como éstas las decía con tal convicción íntima que Eduard no dejaba de sentir aquella comprensión humanitaria que se había despertado dentro de él hacía un momento; le pareció ridículo estar mintiendo a otra persona (a su prójimo) así, cara a cara, y pensó que aquel momento de intimidad en la conversación le ofrecía la oportunidad de deshacerse finalmente de ese indigno (y además difícil) papel de creyente.

—Pero si yo estoy completamente de acuerdo con usted —respondió con rapidez—, yo también prefiero la realidad. Lo de mi religión no se lo tome tan en serio.

Inmediatamente se dio cuenta de que no hay que dejarse llevar por un sentimiento alocado. La directora lo miró y dijo con notable frialdad:

—No finja. Me gustaba cuando era sincero. Ahora está tratando de hacerse pasar por lo que no es.

No, a Eduard no le estaba permitido quitarse el ropaje religioso que se había puesto; se resignó rápidamente a ello y procuró corregir la mala impresión:

—Pero no, no pretendía aparentar. Por supuesto que creo en Dios, eso nunca lo negaré. Lo único que quería decir es que también creo en el futuro de la humanidad, en el progreso y en todo eso. Si no creyese en eso, ¿para qué serviría todo mi trabajo como maestro, para qué iban a nacer los niños y para qué íbamos a vivir? Pero estaba pensando precisamente en que también la voluntad divina quiere que la sociedad vaya cada vez mejor. Estaba pensando que uno puede creer en Dios y en el comunismo, que se pueden unir las dos cosas.

—No —sonrió la directora con maternal autoritarismo—, esas dos cosas no se pueden unir.

—Ya sé —dijo Eduard con tristeza—. No se enfade conmigo.

—No me enfado. Es usted joven y defiende con terquedad sus convicciones. Nadie podrá comprenderle mejor que yo. Yo también he sido joven como usted. Yo sé lo que es la juventud. Y su juventud me gusta. Me es usted simpático.

Por fin había llegado la oportunidad. Ni antes ni después, sino precisamente ahora, exactamente en el momento preciso. (No lo había determinado él, más bien podía decirse que aquel momento lo había utilizado a él para poder realizarse.) Cuando la directora dijo que le era simpático, respondió sin excesiva expresividad:

—Usted a mí también.

—¿De verdad?

—De verdad.

—No me diga. Una mujer vieja como yo... —protestó la directora.

—Eso no es cierto —tuvo que decir Eduard.

—Sí que lo es —dijo la directora.

—No es usted vieja en absoluto —tuvo que decir con gesto decidido.

—¿Usted cree?

—Da la casualidad de que me gusta mucho.

—No mienta. Ya sabe que no debe mentir.

—No miento. Es guapa.

—¿Guapa? —la directora puso cara de incredulidad.

—Sí, guapa —dijo Eduard, y como se asustó de lo descaradamente increíble que era su afirmación, trató en seguida de buscar algo en qué apoyarla—: Morena. Eso me gusta mucho.

—¿A usted le gustan las morenas? —le preguntó la directora.

—Mucho —dijo Eduard.

—¿Y por qué no vino a verme desde que está en

el colegio? Tenía la sensación de que trataba de esquivarme.

—Me daba vergüenza —dijo Eduard—. Todos hubieran dicho que le estaba haciendo la pelota. Nadie hubiera creído que venía a verla sólo porque me gusta.

—Pero ahora ya no tiene por qué avergonzarse —dijo la directora—. Ahora se ha tomado la decisión de que tiene que venir a verme de vez en cuando.

Lo miró a los ojos con sus grandes pupilas castañas (reconozcamos que, de por sí, eran hermosas) y al despedirse le acarició suavemente la mano, de modo que aquel incauto salió de casa con una eufórica sensación de triunfo.

7

Eduard estaba seguro de que aquel desagradable asunto se había resuelto a su favor y el domingo siguiente fue con Alice a la iglesia con descarada despreocupación; y no sólo eso, fue nuevamente con plena confianza en sí mismo porque (aunque ello nos produzca una compasiva sonrisa) recordaba el transcurso de su visita a la directora como una radiante prueba de su atractivo masculino.

Además, ese mismo domingo en la iglesia se dio cuenta de que Alice había sufrido cierto cambio: en cuanto se encontraron le dio el brazo y hasta en la iglesia se mantuvo cogida a él; en lugar de comportarse con humildad y sin llamar la atención, como otras veces, ahora miraba hacia todas partes saludando con sonrientes inclinaciones de cabeza por lo menos a diez conocidos.

Aquello era curioso y Eduard no lo entendía.

Cuando volvieron a pasear juntos, dos días más tarde, por las calles oscuras, Eduard comprobó asombrado que los besos de ella, antes tan desagradablemente concretos, se habían vuelto más húmedos, cálidos y fervientes. Al detenerse junto a ella un momento bajo una farola comprobó que lo miraban dos ojos enamorados.

—Para que sepas, yo te quiero —le dijo de repente Alice y en seguida le tapó la boca con la mano:

—No, no, no digas nada, me da vergüenza, no quiero oír nada.

Y avanzaron un trecho más y volvieron a detenerse y Alice dijo:

—Ahora lo entiendo todo. Ahora entiendo por qué me echabas en cara que soy demasiado cómoda en mi fe.

Pero Eduard no entendía nada y por eso tampoco nada decía; después de avanzar otro trecho, Alice dijo:

—Y tú no me dijiste nada. ¿Por qué no me dijiste nada?

—¿Y qué tenía que decirte?

—Tú siempre eres igual —dijo ella con silencioso entusiasmo—. Otros se estarían vanagloriando, pero tú callas. Pero precisamente por eso te quiero.

Eduard empezó a intuir de qué hablaba, pero preguntó:

—¿De qué hablas?

—De lo que te pasó.

—¿Y quién te lo contó?

—¡Por favor! Lo sabe todo el mundo. Te convocaron, te amenazaron y tú te reíste en su cara. No te retractaste. Todos te admiran.

—Pero si yo no le dije nada a nadie.

—No seas ingenuo. Una cosa como ésa en seguida se sabe. No fue ninguna tontería. ¿Crees que hoy es posible encontrar a alguien que tenga un poco de coraje?

Eduard sabía que en una ciudad pequeña cualquier acontecimiento se convierte rápidamente en leyenda, pero no suponía que sus nimias historias, cuyo significado nunca había sobrevalorado, tuvieran tal capacidad de crear leyenda; no era suficientemente consciente de lo bien que les había venido a sus compatriotas a quienes, como es sabido, les gustan precisamente los *mártires*, porque son ellos quienes les permiten reafirmarse placenteramente en su dulce inactividad al confirmarles que la vida no ofrece más que una disyuntiva: ser aniquilado o ser obediente. Nadie dudaba de que Eduard iba a ser aniquilado, y se lo fueron contando unos a otros con admiración y satisfacción hasta que ahora Eduard, por intermedio de Alice, se encontró con una hermosísima imagen de su propia crucifixión. Se lo tomó con sangre fría y dijo:

—Pero si es natural que no haya abjurado de nada. Es lo que hubiera hecho cualquiera.

—¿Cualquiera? —saltó Alice—. ¡Mira a tu alrededor y verás lo que hacen todos! ¡Los muy cobardes! ¡Renegarían de su propia madre!

Eduard callaba y Alice callaba. Iban cogidos de la mano. Alice dijo después de un susurro:

—Sería capaz de hacer cualquier cosa por ti.

Hasta entonces nadie le había dicho a Eduard semejante frase; semejante frase era un regalo inesperado. Claro que Eduard sabía que era un regalo inmerecido, pero se dijo que si el destino le negaba los regalos merecidos, tenía pleno derecho a quedarse con los inmerecidos, por eso dijo:

—Ya nadie puede hacer nada por mí.

—¿Por qué?

—Me echarán del colegio y ninguno de los que hoy hablan de mí como si yo fuera un héroe será capaz de mover un dedo. Sólo hay una cosa segura. Que me quedaré completamente solo.

—No te quedarás —Alice negaba con la cabeza.

—Me quedaré.

—¡No te quedarás! —gritaba casi Alice.

—Todos reniegan de mí.

—Yo nunca renegaré —dijo Alice.

—Renegarás —dijo Eduard con tristeza.

—No renegaré —dijo Alice.

—No, Alice —dijo Eduard—, tú no me quieres. Tú nunca me has querido.

—Eso no es verdad —susurró Alice, y Eduard advirtió con satisfacción que tenía los ojos mojados.

—No me quieres, Alice, eso se siente. Tú siempre has sido totalmente fría conmigo. No es así cómo se comporta una mujer enamorada. Eso lo sé muy bien. Y ahora sientes compasión por mí, porque sabes que quieren hundirme. Pero no me quieres y no me gusta que pretendas convencerte a ti misma.

Seguían andando, callaban y se cogían de la mano. Alice lloraba en silencio y después se detuvo de pronto y dijo lloriqueando:

—No, eso no es verdad, no debes creerlo, eso no es verdad.

—Sí lo es —dijo Eduard y, como Alice no dejaba de llorar, le propuso que fueran el sábado al campo.

En el hermoso valle junto al río está la casa de campo del hermano en la que podrán estar a solas. Alice tenía la cara mojada por las lágrimas y asintió sin decir palabra.

8

Eso fue el martes, y el jueves, cuando Eduard fue invitado nuevamente al apartamento de la directora, entró alegre y confiado, porque no tenía la menor duda de que el encanto de su ser iba a diluir la historia de la iglesia convirtiéndola en una mera nubecilla de humo, en una mera nada. Pero así es cómo suele suceder en la vida: el hombre cree que desempeña su papel en determinada obra y no sabe que mientras tanto han cambiado el decorado en el escenario sin que lo note y sin darse cuenta se encuentra en medio de una representación completamente distinta.

Estaba sentado de nuevo en el sillón frente a la directora; entre los dos había una mesilla y encima de ella una botella de coñac flanqueada por dos copas. Y precisamente esa botella de coñac era aquel nuevo decorado por el cual un hombre perspicaz, de espíritu sensato, advertiría de inmediato que la historia de la iglesia ya no es, en absoluto, lo que está en juego.

Pero el inocente Eduard estaba hasta tal punto encantado consigo mismo que al comienzo no se percataba de nada en absoluto. Participó alegremente en la conversación inicial (indeterminada y genérica en su contenido), bebió la copa que le fue ofrecida y se aburrió sin malicia alguna. Al cabo de media hora o de una hora, la directora pasó disimuladamente a hablar de temas más personales; empezó a hablar de sí misma para que sus palabras la hicieran aparecer ante Eduard tal como ella lo deseaba: una mujer sensata de mediana edad, no demasiado feliz, pero que acepta con dignidad su sino, una mujer que no se queja de nada y que incluso está satisfecha de no haberse casado, porque sólo así puede saborear el maduro sabor de su independencia y la alegría que le produce la intimidad que le otorga su hermoso apartamento en el que se siente a gusto y en el que seguramente tampoco Eduard está a disgusto.

—No, estoy encantado —dijo Eduard, y lo dijo con angustia porque precisamente en ese momento había dejado de estar encantado.

La botella de coñac (que de forma tan incauta había solicitado durante su anterior visita y que ahora aparecía en la mesa con amenazadora complacencia), las cuatro paredes del apartamento (delimitando un ámbito que parecía cada vez más estrecho, cada vez más cerrado), el monólogo de la directora (centrado en temas cada vez más personales), su mirada (peligrosamente fija), todo aquello hizo que por fin empezase a notar el *cambio de representación*; comprendió que se encontraba en una situación cuya evolución estaba irrevocablemente prefijada; se dio cuenta de que su situación en el colegio no corría peligro por el desagrado que él pudiera producirle a la directora, sino precisamente por lo contrario: por el desagrado físico que a él le produce esa mujer flaca que tiene vello bajo la nariz y le incita a beber. La angustia le atenazaba la garganta.

Obedeció a la directora y bebió, pero su angustia era ahora tan fuerte que el alcohol no le hacía efecto alguno. En cambio la directora, después de beberse dos copas, había abandonado por completo su habitual sobriedad y sus palabras adquirían una exaltación casi amenazante.

—Hay una cosa que le envidio —decía—, que sea tan joven. Usted aún no puede saber lo que es un desengaño, lo que es una desilusión. Usted aún ve el mundo lleno de esperanza y de belleza.

Se inclinó por encima de la mesa hacia Eduard y, nostálgicamente silenciosa (con una sonrisa inmóvil y forzada), fijó en él sus ojos terriblemente grandes, mientras Eduard se decía que, si no conseguía emborracharse un poco, esta noche iba a terminar para él con un vergonzoso fracaso; por eso se sirvió otra copa de coñac y la bebió con rapidez.

Y la directora seguía:

—¡Pero yo quiero verle así! ¡Como usted! —y después se levantó del sillón, sacó pecho y dijo—: ¿Verdad que no soy una pesada? ¿Verdad que no? —y dio

la vuelta a la mesa y cogió a Eduard de la mano—:
¿Verdad que no?

—No —dijo Eduard.

—Venga, vamos a bailar —dijo, soltó la mano de
Eduard, se lanzó hacia el botón de la radio y le dio
vuelta hasta encontrar una especie de música bailable.

Después se quedó de pie, con una sonrisa, delante
de Eduard.

Eduard se levantó, cogió a la directora y empezó
a conducirla por la habitación al ritmo de la música.
La directora a ratos apoyaba tiernamente la cabeza
sobre su hombro, después la levantaba bruscamente
para mirarle a los ojos, al cabo de un rato volvía a can-
turrear en voz baja la melodía que estaba sonando.

Eduard se sentía tan incómodo que interrumpió
varias veces el baile para beber. No había nada que
deseara más que terminar con la ridiculez de aquel
bailoteo interminable, pero tampoco había nada que
le diera más miedo, porque la ridiculez de lo que vendría después del baile parecía aún más insoportable.
Por eso siguió conduciendo a la canturreante señora
por la estrecha habitación, observando ininterrumpidamente (y atentamente) el ansiado efecto del alcohol. Cuando por fin le pareció que el alcohol le había
oscurecido un tanto la mente, apretó con la mano derecha a la directora contra su cuerpo y le puso la mano
izquierda sobre un pecho.

Sí, hizo precisamente aquello en lo que había
estado pensando con horror durante toda la noche;
hubiera dado quién sabe qué para no tener que
hacerlo y, si lo hizo, créanselo, fue sólo porque
realmente *tuvo* que hacerlo: la situación en la que se
encontraba desde el comienzo de la noche era tan im-
parable que resultaba posible, eso sí, hacer que trans-
curriese más despacio, pero era imposible detenerla de
ninguna manera, de modo que al poner la mano
sobre el pecho de la directora, Eduard no hacía más

que someterse a las órdenes de una necesidad irreversible.

Pero los efectos de su actuación superaron todas las previsiones. Como si hubiera oído una mágica voz de mando, la directora empezó a retorcerse en sus brazos e inmediatamente apoyó su peludo labio superior sobre la boca de él. Después lo arrastró hacia el sofá y, retorciéndose salvajemente y respirando ruidosamente, le mordió el labio y hasta la punta de la lengua, lo cual le produjo a Eduard un fuerte dolor. Después se soltó de sus brazos, dijo: «¡Espera!» y corrió al cuarto de baño.

Eduard se lamió un dedo y comprobó que la lengua le sangraba un poco. El mordisco le dolía tanto que la trabajosa borrachera había desaparecido y la angustia volvía a atenazarle la garganta pensando en lo que le esperaba. En el cuarto de baño se oía el ruido del agua al caer, acompañado por un poderoso chapoteo. Cogió la botella de coñac, se la llevó a la boca y dio un buen trago.

Pero en ese momento apareció por la puerta la directora con un camisón de nylon transparente (adornado en el pecho con gran cantidad de encaje) y avanzó lentamente hacia Eduard. Lo abrazó. Después se separó de él y le dijo con un reproche:

—¿Por qué estás vestido?

Eduard se quitó la chaqueta y al mirar a la directora (tenía fijos en él sus grandes ojos) fue incapaz de pensar en otra cosa que en su cuerpo que, con probabilidad, iba a sabotear su decidida voluntad. Con la intención de estimular de algún modo su cuerpo, dijo con voz insegura:

—Desnúdese del todo.

Con un brusco movimiento, entusiastamente obediente, se quitó el camisón, dejando al desnudo una figura delgada, blanca, en cuyo centro el tupido color negro sobresalía en conmovedora orfandad. Se aproximaba lentamente hacia él y Eduard comprobaba horrorizado lo que de todos modos ya sabía: su cuerpo estaba completamente agarrotado por la angustia.

Ya sé, señores, que con el paso de los años han ido acostumbrándose a alguna ocasional desobediencia de su propio cuerpo y que eso no les saca en absoluto de quicio. Pero comprendan, ¡Eduard era joven! Los sabotajes de su cuerpo le hacían caer siempre en un pánico increíble y aquello era para él una vergüenza inexplicable, tanto si le ocurría en presencia de un rostro hermoso como si le sucedía ante uno tan horrible y cómico como era el de la directora. Y la directora estaba ya a un paso y él, asustado y sin saber qué hacer, dijo de pronto, sin siquiera darse cuenta (fue más bien el producto de una inspiración que el de una astuta reflexión):

—¡No, no, no por Dios! ¡No, eso es pecado, eso sería pecado! —y se apartó de un salto.

La directora seguía aproximándose a él y murmuraba con voz profunda:

—¡No es pecado! ¡El pecado no existe!

Eduard retrocedió hasta detrás de la mesilla junto a la que habían estado sentados hacía un momento:

—¡No, yo no puedo hacerlo, no puedo hacerlo!

La directora apartó el sillón que se interponía en su camino y siguió avanzando hacia Eduard, sin quitarle sus grandes ojos negros de encima:

—¡El pecado no existe! ¡El pecado no existe!

Eduard sorteó la mesilla y tras él ya no quedaba más que el sofá; la directora estaba a sólo un paso de él. Ahora ya no tenía adónde escapar y fue quizás la propia desesperación la que le aconsejó en ese instante, en que ya no había salida, que le ordenase:

—¡Arrodíllate!

Lo miró sin comprender, pero cuando él volvió a repetir con voz firme (aunque desesperada):

—¡Arrodíllate! —cayó entusiasmada ante él y se abrazó a sus piernas.

—¡Quita las manos de ahí! —le grito—. ¡Júntalas!

Volvió a mirarlo sin comprender.

—¡Júntalas! ¿Has oído?

Juntó las manos.

—Reza —le ordenó.

Tenía las manos juntas y lo miraba, entregada.

—Reza para que Dios nos perdone —le chilló.

Tenía las manos juntas, le miraba con sus grandes ojos y Eduard no sólo había obtenido una ventajosa prórroga, sino que al mirarla desde arriba empezó a perder la angustiosa sensación de que no era más que una presa y adquirió confianza en sí mismo. Se alejó de ella para verla por entero y volvió a ordenarle:

—¡Reza!

Como permanecía en silencio, gritó:

—¡Y en voz alta!

Y en efecto: aquella señora arrodillada, flaca, desnuda, empezó a recitar:

—Padre nuestro que estás en los cielos, santificado sea tu nombre, venga a nosotros tu reino...

Al recitar las palabras de la oración, miraba hacia arriba, hacia él, como si fuera el mismo Dios. La observaba con creciente placer: estaba arrodillada ante él la directora, humillada por un subordinado; estaba ante él una revolucionaria desnuda, humillada por una oración; estaba ante él una mujer que rezaba, humillada por su desnudez.

Esta triple imagen de la humillación le embriagó y de pronto sucedió algo inesperado: su cuerpo renunciaba a la resistencia pasiva: ¡Eduard estaba excitado!

En el momento en que la directora dijo «y no nos hagas caer en la tentación» se quitó rápidamente toda la ropa. Cuando dijo «Amén», la levantó bruscamente del suelo y la arrastró al sofá.

9

Eso fue el jueves, y el sábado Eduard se fue con Alice al campo a ver a su hermano. El hermano les recibió afectuosamente y les dejó la llave de la casa de campo, que no estaba lejos.

Los dos enamorados se marcharon y pasaron toda la tarde recorriendo bosques y prados. Se besaron y Eduard comprobó con manos satisfechas que la línea imaginaria que pasaba por el ombligo y dividía la esfera de la inocencia de la esfera de la fornicación, había perdido su valor. Al principio tuvo ganas de confirmar con palabras este acontecimiento tanto tiempo esperado, pero después se asustó y comprendió que debía callar.

Al parecer, su deducción fue del todo correcta; la inesperada transformación de Alice se había producido independientemente de las muchas semanas que él había dedicado a convencerla, independientemente de su argumentación, independientemente de cualquier tipo de deducción *lógica*; por el contrario, se basaba exclusivamente en la noticia sobre el martirio de Eduard, y por tanto en un *error*, e incluso había sido deducida de ese error de forma totalmente *ilógica*; porque, reflexionemos: ¿por qué iba a tener como resultado la fidelidad de Eduard como mártir de la fe el que Alice, por su parte, fuera infiel a la ley divina? Si Eduard no había traicionado a Dios ante la Comisión Investigadora, ¿por qué iba a tener ella que traicionarlo ahora ante Eduard?

En semejante situación, cualquier reflexión pronunciada en voz alta podía descubrirle a Alice la falta de lógica de su actitud. Y por eso Eduard permanecía sensatamente en silencio, lo cual por otra parte no llamaba en absoluto la atención, porque Alice hablaba ya bastante, estaba alegre y nada hacía suponer que la transformación que se había producido en su alma fuera dramática o dolorosa.

Cuando oscureció, llegaron a la casa de campo, encendieron la luz, después hicieron la cama, se besaron y Alice le pidió entonces a Eduard que apagase la luz. Pero por la ventana seguía penetrando el resplandor de las estrellas, de modo que Eduard, a petición de Alice, tuvo que cerrar también las contraventanas. En completa oscuridad Alice se desnudó y se le entregó.

Tantas semanas había pasado Eduard anhelando que llegase este momento y, curiosamente, ahora, cuando por fin llegaba, no tenía en absoluto la sensación de que fuese tan importante como lo indicaba todo el tiempo que había estado esperándolo; le pareció tan sencillo y normal que durante el acto amoroso estuvo casi distraído, intentando en vano alejar los pensamientos que le venían a la cabeza: se acordaba de aquellas largas semanas inútiles en las que Alice le había hecho sufrir con su frialdad, se acordaba de todos los problemas que le había causado en el colegio, de manera que, en lugar de gratitud por su entrega, empezó a sentir dentro de sí una especie de enfado y de deseo de venganza. Le irritaba pensar en la facilidad con la que traicionaba ahora a su Dios de la no fornicación, al que antes adoraba con tanto fanatismo; le irritaba que nada fuera capaz de hacerla salir de su mesura, ningún deseo, ningún acontecimiento, ningún cambio; le irritaba que lo viviese todo sin contradicciones internas, confiada y con facilidad. Y cuando aquella irritación se apoderó por completo de él, trató de hacerle el amor con furia y con rabia, para lograr que emitiese algún sonido, algún gemido, alguna palabra, algún quejido, pero no lo consiguió. La muchachita seguía en silencio y a pesar de todos lo esfuerzos de él el acto amoroso terminó igualmente en silencio y sin dramatismo.

Después ella se acurrucó sobre su pecho y se durmió rápidamente, mientras Eduard permaneció mucho tiempo en vela, advirtiendo que no sentía satisfacción alguna. Trataba de imaginarse a Alice (pero no su aspecto físico, sino, de ser posible, todo su ser en conjunto) y de pronto se le ocurrió que la veía *borrosa*.

Detengámonos en esta palabra: Alice, tal como Eduard la había visto hasta ahora, era, pese a su ingenuidad, un ser firme y claro: la clara sencillez de su aspecto parecía corresponder sencillamente a la simplicidad de su fe, y la sencillez de su destino parecía ser la justificación de su actitud. Eduard hasta ahora la había encontrado uniforme y articulada; podía reírse de ella, podía maldecirla, podía asediarla con sus astucias, pero se veía obligado (sin pretenderlo) a respetarla.

Ahora, en cambio, la imprevista trampa de la noticia falsa había desarmado la articulación de su ser y Eduard tenía la impresión de que sus opiniones no eran en realidad más que algo que estaba *adherido* a su destino y su destino algo adherido a su cuerpo, la veía como una combinación casual de cuerpo, ideas y transcurso vital, como una combinación inorgánica, arbitraria e inestable. Se imaginaba a Alice (respiraba profundamente apoyada en su hombro) y veía a su cuerpo por una parte y a sus ideas por otra; el cuerpo le gustaba, las ideas le parecían ridículas y en conjunto aquello no formaba ser alguno; la veía como una raya absorbida por un papel secante: sin perfil, sin forma.

El cuerpo le gustaba de verdad. Cuando Alice se levantó por la mañana, la obligó a permanecer desnuda y ella, aunque ayer mismo había insistido con terquedad en cerrar las contraventanas, porque hasta el suave resplandor de las estrellas la molestaba, ahora se había olvidado por completo de su vergüenza. Eduard la observaba (brincaba alegremente buscando el paquete del té y las galletas para el desayuno) y Alice, cuando lo miró, después de un rato, advirtió que estaba pensativo. Le preguntó qué le pasaba. Eduard le respondió que después del desayuno tenía que ir a visitar a su hermano.

El hermano le preguntó a Eduard qué tal le iba en el colegio. Eduard dijo que bastante bien y el hermano dijo:

—Esa Cechackova es una cabrona, pero hace ya mucho tiempo que la perdoné. La perdoné porque no sabía lo que hacía. Quería perjudicarme y en lugar de eso me ayudó a vivir estupendamente. Como agricultor gano más y el contacto con la naturaleza me defiende del escepticismo que sufren los habitantes de las ciudades.

—En realidad esa tía también me ha traído cierta felicidad —dijo Eduard y le contó a su hermano cómo se había enamorado de Alice, cómo había fingido creer en Dios, cómo le habían juzgado, cómo había intentado reeducarlo la Cechackova y cómo Alice se le había entregado por ser un mártir.

Lo único que no contó fue cómo había obligado a la directora a rezar el padrenuestro, porque vio un gesto de desaprobación en los ojos de su hermano. Se calló y su hermano dijo:

—Puede que tenga más de un defecto, pero hay uno que no tengo. Nunca he fingido lo que no soy, a todo el mundo le he dicho a la cara lo que pensaba.

Eduard le tenía cariño a su hermano y su reprobación le dolía; trató de justificarse y empezaron a discutir. Al fin, Eduard dijo:

—Hermano, sé que eres un hombre recto y que estás orgulloso de eso. Pero plantéate una pregunta: ¿Por qué hay que decir la verdad? ¿Qué es lo que nos ata a ella? ¿Y por qué creemos en realidad que la veracidad es una virtud? Imagínate que te topas con un loco que dice que es un pescado y que todos somos pescados. ¿Vas a discutir con él? ¿Te vas a desnudar delante de él para enseñarle que no tienes aletas? ¿Le vas a decir a la cara lo que piensas? ¿Dime?

El hermano permaneció en silencio y Eduard continuó:

—Si no le dijeses más que la verdad, lo que realmente piensas de él, establecerías un diálogo en serio con un loco y tú mismo te convertirías en un loco. Y así es cómo funciona el mundo que nos rodea. Si insistiese en decirle la verdad a la cara, eso significaría que me lo tomo en serio. Y tomarse en serio algo tan poco serio significa perder la seriedad. Yo, hermano, *tengo* que mentir si no quiero tomarme en serio a los locos y convertirme yo mismo en uno de los locos.

10

El domingo por la tarde los dos enamorados regresaron a la ciudad; estaban solos en el compartimento (la muchachita estaba otra vez charlando alegremente) y Eduard se acordaba de cómo había deseado encontrar en su relación voluntaria con Alice algo serio en la vida, ya que sus obligaciones no se lo ofrecían, y advertía apenado (el tren golpeaba idílicamente contra las uniones de los rieles) que la historia de amor que había vivido con Alice no tenía consistencia, estaba hecha de casualidad y errores, carecía de toda seriedad y de todo sentido; oía las palabras de Alice, veía sus gestos (le apretaba la mano) y se le ocurrió pensar que eran signos desprovistos de significado, monedas sin coberturas, pesas de papel a las que no podía dar más valor que Dios a la oración de la directora desnuda; y de pronto le pareció que todas las personas con las que se había encontrado en su nuevo lugar de trabajo eran sólo rayas absorbidas por un papel secante, seres con posturas intercambiables, seres sin una esencia firme; pero lo que es peor, lo que es mucho peor (siguió pensando), él mismo no es más que una sombra de todas esas gentes hechas de sombras, no ha empleado su inteligencia más que en adaptarse a ellas, en imitarlas, y aunque las imitara riéndose para sus adentros, sin tomárselo en serio, aunque al hacerlo procurara burlarse de ellas en secreto (justificando así su adaptación), eso no cambia en nada las cosas, porque una imitación malintencionada sigue siendo una imitación y una sombra que se burla sigue siendo una sombra, subordinada y derivada, pobre y simple.

Aquello era humillante, aquello era terriblemente humillante. El tren golpeaba idílicamente contra las uniones de los rieles (la muchachita seguía parloteando) y Eduard dijo:

—Alice ¿eres feliz?

—Sí —dijo Alice.

—Yo estoy desesperado —dijo Eduard.

—¿Te has vuelto loco? —dijo Alice.

—No debimos haberlo hecho. No tenía que haber sucedido.

—¿Qué se te ha metido en la cabeza? ¡Si eras tú el que quería!

—Sí, quería —dijo Eduard—. Pero ese fue mi gran error y Dios nunca me lo perdonará. Ha sido un pecado, Alice.

—¿Pero qué te pasa? —dijo la muchachita con tranquilidad—. ¡Si eras tú el que siempre decía que lo que quiere Dios es ante todo amor!

Cuando Eduard oyó que Alice se apoderaba tranquilamente, ex post, del sofisma teológico con el que tiempo atrás se había lanzado él, con tan poco éxito, al campo de batalla, se enfureció:

—Sólo te lo decía para ponerte a prueba. ¡Ahora me he dado cuenta de cómo sabes serle fiel a Dios! ¡Pero el que es capaz de traicionar a Dios, es capaz de traicionar con mucha mayor facilidad a otra persona!

Alice seguía sin encontrar respuestas, pero era mejor que no las encontrara porque lo único que conseguía era excitar aún más la vengativa rabia de Eduard. Eduard seguía y seguía hablando y habló (utilizó incluso las palabras *repugnancia* y *repugnancia física*) hasta obtener por fin de aquel rostro sereno y tierno, suspiros, lágrimas y quejidos.

—Adiós —le dijo en la estación y la dejó llorando.

Hasta varias horas después, en casa, cuando ya había desaparecido aquella extraña rabia, no se dio plenamente cuenta de lo que había hecho; se imaginó el cuerpo de ella, que aquella misma mañana había brincado desnudo ante él y, al darse cuenta de que aquel cuerpo hermoso se iba porque él mismo lo había echado voluntariamente, se llamó idiota y tuvo ganas de darse de bofetadas.

Pero lo pasado pasado estaba y ya no tenía arreglo.

Además, hemos de decir, para ser sinceros, que, aunque la idea de aquel hermoso cuerpo que desaparecía le produjo a Eduard ciertos sufrimientos, bastante pronto se rehízo de aquella pérdida. La escasez de relaciones amorosas que hasta hacía un tiempo le había hecho padecer y le había producido nostalgia, era la escasez transitoria de quien cambia de residencia. Eduard ya no sufría esta escasez. Una vez a la semana visitaba a la directora (la costumbre había liberado a su cuerpo de la angustia inicial) y estaba dispuesto a seguir visitándola hasta que su situación en el colegio quedase del todo aclarada. Además procuraba dar caza, con creciente éxito, a bastantes más mujeres y chicas. Como resultado de ello, empezó a apreciar mucho más los ratos en que estaba solo y se aficionó a los paseos solitarios que, a veces, combinaba (hagan el favor de prestar atención, por última vez, a esto) con visitas a la iglesia.

No, no teman, Eduard no se hizo creyente. Mi relato no pretende coronarse con tan forzada paradoja. Pero Eduard, aunque está casi seguro de que Dios no existe, se entretiene, con placer y nostalgia, en imaginárselo.

Dios es pura esencia, en tanto que Eduard no ha encontrado (y desde la historia de Alice y de la directora ha pasado ya una buena cantidad de años) nada esencial ni en sus amores, ni en su colegio, ni en sus ideas. Es demasiado perspicaz para aceptar que ve esencialidad en lo inesencial, pero es demasiado débil para no seguir anhelando secretamente la esencialidad.

¡Ay, señoras y señores, triste vive el hombre cuando no puede tomar en serio a nada y a nadie!

Y por eso Eduard anhelaba a Dios, porque sólo Dios está exento de la dispersante obligación de *aparecer* y puede simplemente *ser*; porque únicamente él representa (él solo, único e inexistente) la contrapartida esencial de este inesencial (pero por ello tanto más existente) mundo.

Y así Eduard se sienta de vez en cuando en la iglesia y mira pensativo hacia la cúpula. Despidámonos de él precisamente en uno de esos momentos: es por la tarde, la iglesia está silenciosa y vacía. Eduard está sentado en un banco de madera y le da lástima que Dios no exista. Y precisamente en ese momento su lástima es tan grande que de las profundidades de ella surge de pronto el verdadero, *vivificante* rostro de Dios. ¡Mírenlo! ¡Sí! ¡Eduard sonríe! Sonríe y su sonrisa es feliz...

Consérvenlo, por favor, en su memoria con esta sonrisa.

Obras de Milan Kundera

Novela

La broma (*Seix-Barral*)
El libro de los amores ridículos (*Tusquets Editores*)
La vida está en otra parte (*Seix Barral*)
La despedida (*Tusquets Editores*)
El libro de la risa y el olvido (*Seix-Barral*)
La insoportable levedad del ser (*Tusquets Editores*)

Teatro

Jacques y su amo (*Tusquets Editores*)

Ensayo

El arte de la novela (*Tusquets Editores*)

Ultimos títulos

3455   5189